只是……需要愛

「妳很堅強。」他說。
我笑著回答，「是不得不堅強。」

華文小說新一代OL心聲代言人

雪倫 著

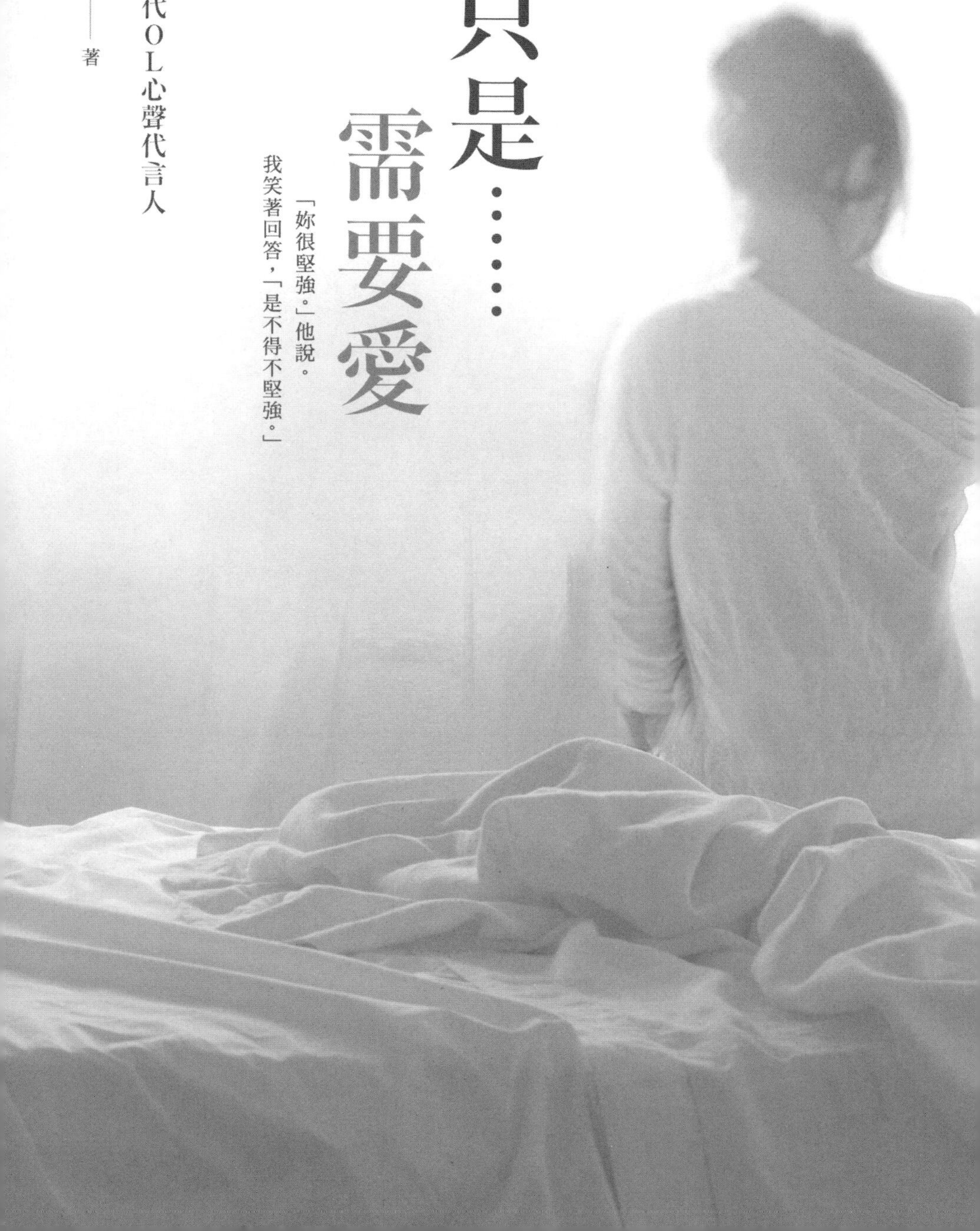

我們總是不斷地被需要，
愛人需要我、家人需要我、朋友需要我、工作需要我，
卻從沒有人問過我，「你需要什麼？」
我需要的……只是「愛」。

第一章

愛各式各樣分了好幾種，但我們總是偏愛有難度又得不到的那一種，不爲什麼，只是因爲……這樣才夠刻骨銘心。

關於生活，看起來好像很簡單，事實上卻很困難。簡單的時候，彷彿只要照常呼吸就可以生存下去，但要維持呼吸，本身就是一件很困難的事。

我的生活也是，只要選擇性地不去想太多，就可以簡單地過麻痺的生活，一天接著一天。然而只要那些麻煩的事忽然間冒出來霸佔我的思想，甚至連呼吸都被掌控時，我都會忍不住想問：爲什麼這個世界總是對我如此疾言厲色毫不留情？

我總是想過得簡單，它卻經常變得越複雜。

就像現在，明明只是想化個簡單的眼線，但放在腳上的手機突然震動了一下，以致於我失神了一秒，原本拿著眼線筆的手也不小心晃了三十五度，眼線才畫到一半，就這樣失控地往上飛了〇・二公分。

看著在我眼皮上自由奔放的眼線，我打算擦掉時，竟發現忘了帶棉花棒。我只好把眼線加粗，化成煙燻妝。既然是煙燻妝，也只好狠狠刷一下睫毛。在我拉長人中，眼皮往下，還試著留著一道縫隙好看清鏡子裡的自己，準備開始猛刷的當下，坐在對面的小男孩突然出了聲音。

「媽媽，妳看那阿姨好醜。」他邊說邊指著我，表情十分天眞無邪。

我停下動作，淡淡地看著那個小孩，不到三秒，他居然開始哽咽，躲到媽媽懷裡。附近的人也都轉頭看我，眼神好像在指責我爲什麼把小孩弄哭。天地良心，我眞的只是這樣看著他而已。

天生臉臭是我的錯嗎？

同事八珍常說：妳原本就長得很正經，又不喜歡笑，最好少化濃妝，免得看起來更凶。我常常反駁她，那是我的問題嗎？不愛笑又怎麼了？至少我沒做壞事，偶爾也會日行一善。比如她失戀時，我會陪她講一個晚上的話，她男友偷吃時，我會陪她去抓姦，三不五時還要陪她去算命，再安慰她算命講的都不是眞的。都做到這種程度了，我死後不上天堂還能去哪裡？

那麼善良的我，只是看了小男孩一眼，他竟哭成這樣。善有善報這件事怎麼從來都不發生在我身上？

我低下頭，整理好手上的化妝包，不管那小男孩的抽泣聲和其他人責備的眼光，我起身走到另一節車廂，決定從今以後要提早十分鐘起床，更決定這輩子再也不要在捷運上化妝。但前提是，我要真的能夠提早十分鐘起床。

更正確的說法是，如果可以不用每天被工作折騰到那麼晚，我就可以提早十分鐘起床，我就可以不用在捷運上化妝，我就可以不用嚇到那個小孩，更值得開心的是，這麼一來，我就可以不用在公眾場合照著鏡子，承認自己天生臉臭這個事實。

說到底，就是工作的錯。

但我不是先天人生勝利組，不是什麼富貴之子、首富之女、達官貴人名門之後。這類人就算不工作，一輩子也窮得只剩下錢。而我只能勉強放在後天自行調養組，不工作就養不活自己。

所以更說到底，就是錢的錯。

拿出剛才震動了一下的手機，看見男友哲諺傳來的簡訊。

「妳有沒有看到那件藍灰色的襯衫，還有那條上次在香港買的領帶？我怎麼都找不到？還有，妳幫我買伴手禮了嗎？晚上要跟中華區執行長吃飯，妳記得早點回家準備一下。」

這找東西的情節每天都會發生。我嘆了口氣，眞不知道我是交了個男友還是帶了個小孩，也不知道男友是需要一個女友，還是需要一個祕書。難怪一堆大老闆的祕書都變成了自己的小三，畢竟工作內容是眞的十分雷同。

「藍灰色襯衫在衣櫃左邊，上次拿去洗了之後你還沒有穿過，應該是被透明塑膠套包著。香港買的那條領帶在第四層，我放在前面，應該拉開抽屜就會看到。伴手禮今天會宅配到你公司，還有，上星期跟你說過了，今天晚上的聚會我只能盡量趕到，不確定是不是能早走。」我回。

我常開玩笑地說如果有一天我們分手了，沒有我每天在他旁邊大吼「陳、哲、諺，你東西爲什麼都亂丟」，「陳、哲、諺，你煮完泡麵爲什麼不洗鍋子」，哲諺可能會連自己叫什麼名字都忘了。

一分鐘後，哲諺再傳來訊息，「OK，我都找到了，沒有妳我該怎麼辦？另外，沒有『盡量』這種事，一定要到，七點半準時到W Hotel。」

看到這些文字，我頭皮開始發麻，要我今天早點離開公司，不如叫我在剛剛那個小男孩面前露出一個溫柔的微笑還比較簡單。可是，晚上如果沒出席，哲諺一定會大發飆。上次因爲臨時加班，沒能陪他參加好友的婚禮，他氣到整整三天完全不理我。他這麼重視這次聚會，我再缺席的話，冷戰一個月也是有可能的。

捷運列車行進中，我看著窗外一幕幕的景色跑過，突然忍不住羨慕起這樣不顧一切一直往前行的列車，不像我，總在某個點裡面進退兩難。

把手機丟進包包，偏頭痛又開始發作。

無力地下了捷運，走進7-11，打算買好一整天的食物。早上有例會，下午有業務會議，晚上才是眞正可以解決工作的時間，這叫我晚上怎麼早點離開？想到這個，頭又忍不住抽痛了兩下。伸手打開冰箱，還好竄出來的冷空氣撲向我的臉，讓我清醒了一點。

隨手挑了一堆微波食品，再買杯咖啡。因有第二杯半價的活動，於是又點了杯紅茶拿鐵給八珍，免得她一天到晚說我摳。順便繳了這個月的水電費，再用ibon幫哲諺換行照，十分鐘全搞定，有時候眞的很想抱著7-11說：「沒有你，我該怎麼辦？」

我想，那也就只能去全家了。

店員滿臉笑容地拿著我的悠遊卡和收據遞到我面前，我接了下來，向他說聲謝謝，也在心裡謝謝他讓我一早就看到這樣溫暖的笑臉。

到了公司，在八點二十九分打了上班卡。

八珍常常羨慕我總是可以這麼剛好在八點二十九分打卡，而她的打卡時間永遠落在八點三十一分。我只能拍拍她的肩，安慰她，「等妳做到第八年就知道訣竅了。」

就像現在，她又拿著剛好打在三十一分的卡，愁雲慘霧地看著我。我也只能很貼心地幫她把卡放回卡座，拍拍她的肩膀，以過來人的經驗語重心長地對她說：「妳還有好長的一段路要走。」

她跟在我身後，腳步踩得很用力，連拉椅子也像和椅子有仇似的。看著她氣呼呼地坐到旁邊的位置上，我忍不住搖了搖頭，把剛買的紅茶拿鐵放到她桌上，對她說：「不想被扣錢，就早起兩分鐘啊！」

「喂，妳都不知道，對於要存錢去隆乳的人來說，一千五百塊有多重要！」八珍以爲全辦公室只有我和她，邊說還用手指著自己的胸部。我差點忘了，在她身上是看不到「不好意思」這四個字的。

公司的規則是一天遲到一分鐘就扣一百塊，若遲到二十分鐘以上就扣全勤。今天才十九號，八珍已經被扣一千五百元了。

她現在最在乎的事，就是她那對小胸部。

我並不想參與她這個話題，走回自己的位置，按下主機開關，準備把昨天打好的報告列印出來。

她座椅一滑，滑到我旁邊來，什麼也沒有說，手就直接覆上我的胸部。我懶得理她，繼續做我的工作，敲我的鍵盤。這世界上已經沒有人可以阻止八珍探索胸部的渴望，自從她男友說「女生的胸部還是大一點比較好」之後，她每天都會問我，「妳覺得我要隆到多大？三十四E？還是F？」

但我從來沒有回應她，我總是覺得，如果八珍因爲男友的喜好而決定去隆乳，這對她本身太不公平。假如是八珍自己因爲胸部太小缺乏自信，所以考慮去做手術，那就又是另一回事了。

但要把原本不屬於自己的東西放在身體裡，對我來說是一種強求，不然我也想去墊個鼻子、開個眼頭，再加個下巴，女人對於自己的外表本來就是永遠不滿足的。

「妳都不用開會嗎？」我說。

就算是人事部，也有人事部的工作需要報告不是嗎？

她完全沒有理我，另一隻手摸著她自己的胸部說：「一樣是女人，妳不覺得上帝太不公平了嗎？」

上帝對於世人的不公平，豈止胸部這件事而已？

我拍掉她放在我胸口時間過長的手，「妳男友是愛妳，還是愛妳的胸部？」

「他愛我，也愛大胸部，如果我能夠有大胸部，不覺得就很完美了嗎？」她理直氣壯地對我說。

我忍不住苦笑兩聲，至今，談了幾次戀愛，就是沒有談過什麼完美的戀愛，完美這件事是不能用來期待愛情的。可惜怎麼說八珍都聽不進去，她相信只要堅持和努力，就會有奇蹟出現。

好一個八珍。

我想，這也是我們能變得這麼親近的原因。全公司百分之八十人的害怕我的臭臉，百分之十九人的不喜歡我的臭臉，可是，只有她不怕我的臭臉。

「慈！我拜託妳別笑，妳眞的很不適合笑，臉看起來超怪的。而且妳今天妝怎麼那麼濃？難怪樓下警衛跟我說妳今天心情不好，叫我別惹妳生氣。」八珍總是愛叫我名字的最後一個字，和我已經過世的媽媽一樣。

三年前，我和八珍第一次見面，她笑著對我說：「何偌慈，我可以叫妳『慈』嗎？」，我說不能叫我偌慈嗎？她說慈比較順口，於是被我硬壓在回憶最底層的媽媽，讓我使盡全身力氣不去想念的媽媽，在八珍叫我「慈」的時候，排山倒海朝我而來。

「慈，媽買了件新衣服給妳喔！」「慈，媽晚上煮了妳最愛的咖哩飯，妳要吃兩碗才行喔！」「我們慈的頭髮最美了，又黑又亮的。」「慈，妳要好好照顧爸爸和弟弟……」

在這之前，我總是盡量讓自己忙碌到沒有時間想念媽媽。我不停地工作、不停地談戀愛、不停地和父親戰爭，對我來說，想念是一種負擔。生活的負擔已經壓得我喘不過氣，我沒有力氣再去負荷想念，媽媽的一切，在我心底被埋得很深很深。

而八珍喊我「慈」的時候，就這麼解放了我對媽媽的思念。

那個晚上，我關在廁所整整痛哭了兩個小時，直到哲諺拿鑰匙打開廁所的門，我才回到現實世界。有些時候，我們總是以爲自己不想念，但那只是自己以爲。我們總是覺得自己依然過得很好，但也只是自己以爲。越是不想碰，它其實就越痛。

於是，八珍很特別地成爲我在公司裡唯一的朋友。

「妳幹麼發呆？」八珍拿檔案夾敲了我的頭，敢對資深前輩這樣沒大沒小的人，全公司也就只有她了。

「因爲我在想，是不是要請曼安把妳調到業務部來支援我。」這簡直是比扣薪水嚴重一千倍的懲罰。

她嚇得尖叫了一聲，「拜託，我沒有妳那麼耐操，業務還要兼行銷，三不五時就出差兼巡櫃點。有時候趕貨，還要去生產部幫忙出貨。妳哪是業務主任，妳根本就是執行長啊！」

「那妳就少惹我生氣。」我說。

「妳怎麼不說是妳自己本來就愛生氣？」她再次挑戰我的好脾氣。

我冷淡地掃了她一眼，話還沒說出口，她馬上就坐回位置上。八珍最大的強項就是很會看眼色，接著她開始假裝處理事情。裝忙這件事，沒有人可以贏過蔡八珍，她裝忙的能力之強，竟然能讓一個月才來公司一次的董事長說出「八珍，辛苦了」這五個字。連我這個爲公司做牛做馬快八年的人都沒聽過這樣的話，看看這孩子有多強。

我拿起列印好的報告，字都還沒看上一眼，手機鈴聲就響了。拿起手機看著來電顯示，是爸爸。我猶豫著要不要接，因爲這一接，我可能一整天的心情都會不好，還會影響到接下來的開會，但不接，爸爸還是會打到我接爲止。

就是會有一種狀況，你知道這樣做對自己不好，可是你不做，對自己也不好。看起來好像有權利選擇做或不做，但事實上是沒有的，你就只能接受，不是接受選擇，而是接受結果。

「有事嗎？」我接了起來。

「妳給妳弟匯錢過去了嗎？妳不要只顧著談戀愛，多關心一下自己弟弟，不要忘了妳弟弟一個人在加拿大生活，沒錢怎麼辦？不要只顧著自己吃得飽、過得好就好！」

每次對話的開頭總讓我無言以對。當時我離開家自己一個人生活，沒錢吃飯的時候，我又是怎麼辦的？

很顯然，我的父親從來沒替我想過。因爲他從來沒問過我：妳吃飽了嗎？妳工作如何？他和我的話題只有弟弟而已。如果沒有弟弟，我想我們可能只是生活在同一個城市裡剛好有血緣關係的陌生人而已。

「我會找時間去匯，今天有點忙……」

「不要每次只會跟我說妳很忙，是有什麼好忙的？還不是忙著談戀愛？反正我從來也就不干涉妳做什麼，妳只要記得好好照顧妳弟弟就對了！」

每次講到這個我就忍不住上火，語氣也變得更差，「我到底什麼時候讓他餓著了？還是什麼時候讓他吃苦了？」

「妳不用跟我生氣，要不是擔心妳有沒有匯錢給妳弟，我也不會打電話來自找氣受，反正妳也看不起我。對！我是沒錢供妳弟念書，但妳是他姊姊，妳當然要負責。」

沒有說再見，電話就掛掉了。

總是這樣，我們的通話時間永遠不到十五秒。我看著變暗的手機螢幕，委屈的感覺又泛上喉嚨卡在喉間，咳不出來也吞不下去。我只是全身顫抖，就像媽媽過世那天一樣，我全身都在發抖，但沒有人理我，爸爸只抱著痛哭的弟弟，不停安慰他，卻從來沒有對我說過，「不要哭，妳還有爸爸。」

從小到大，爸爸對我就特別冷漠，尤其小我八歲的弟弟出生之後，他把所有父愛都給了弟弟。媽媽總是安慰我，她說因爲爸爸是獨子，在傳宗接代這件事上面，他有他的壓力和責任。我接受了爸爸之所以重男輕女的說法，用這樣的理由安慰自己，爸爸只是比較愛弟弟比較不愛我而已，但事實是我從來沒有在父親身上感受到「愛」。

當唯一疼愛我的媽媽生病過世，在家裡，對父親來說我就只是個隱形人而已，弟弟曾問我，「姊姊，妳是不是做了什麼事惹爸爸生氣？」我笑了笑，摸摸他的頭，卻無法回答。因爲我也很希望是我做錯了事讓爸爸不開心，只要我誠心誠意道歉，他就會原諒我，然後像愛弟弟一樣愛我。

但這始終也只是個殘破的希望。

我無法接受母親的離去，再也受不了這一切，也不知道從哪裡來的勇氣，我和父親大吵一架，他二話不說把我從家裡趕出去後，我就明白：我的人生，只有我自己能負責，這個世界上沒有人會負責我的人生，包括我的父親。

「妳爸又打電話來叫妳愛妳弟了喔？」八珍的聲音在我身旁響起，我回過神，轉過身悄悄拭去眼角的淚水，再把那一道委屈硬生生吞了下去。我能做的，也只有吞下去。

恢復了一點精神，「不都是這樣嗎？」我像是什麼事都沒發生過一樣回答。

八珍眉間一皺，「呿！妳爸眞的比我爸還誇張，我爸再怎麼重男輕女，對我們這些女兒偶爾也是會噓寒問暖一下……」

沒讓八珍繼續說下去，我打斷她的話，「好了啦！不要說這些了，準備開會。」我不想比較，因爲那只會把自己推入更痛的深淵。

八珍拍了拍我的肩膀，「好啦！妳也不要想太多，妳先幫我想看看，到底是要隆到E罩杯還是F罩杯。」

看到她單純爛漫的笑容，眞的好想呼她兩巴掌。

實在是懶得理她，我拿起桌上的資料，完全無視八珍地走進會議室。她跟在我身後，一直不停追問到底要E還是F。我眞的不懂，罩杯大小很重要嗎？可以用不就好了嗎？

男人對女人的身材總是有要求，我都沒要他們好好檢討自己了。要是哪個男人敢先開口叫我去隆乳，我一定會剖開他的大腦灌進一桶水銀之後再和他分手。

會議室裡，各部門幹部都差不多到齊了，只差擔任行銷經理的曼安和我的直屬主管錢麗芸。每個星期開例會都是我最痛苦的時間，夾在她們兩個中間，我每次都被擠得不成人形。

曼安是我的大學同學，念書時，我們幾乎沒有交集，因爲我是認眞念書的那一種，而她是用心玩樂的那一派，我的認眞不是我有多在乎功課，而是想考好成績讓媽媽開心，一方面也想向父親證明我能夠表現得很好，但每一次拿到第一名，都只有媽媽的掌聲，爸爸則總是不屑一顧地說：「這不是應該的嗎？」

不管我做得多好，對父親來說都是應該的，而且是應該要做好的。應該要拿錢回家，應該要照顧弟弟，這所有的一切，都是我應該做的。

被父親趕出去那個晚上，我不知道該去哪裡，在路上走著走著遇到了曼安。她把我帶回她家，那個從大門到家門口需要走上十分鐘的家。那個佔地幾百坪，卻也只有她一個人在的家。

我家很小，得不到溫暖，她家很大，她也和我一樣得不到溫暖。我這才發現，這個世界其實依然有它公平之處。

對曼安輕描淡寫地說了家裡的狀況。即便是大學同班四年的同學，我們對彼此還是非常不熟悉。沒想到她二話不說拿了些錢借我，並要我到她們家的服裝公司上班。我的困境因此得到紓解，找了間簡單便宜的套房，也有了固定的工作。對於她當年的協助，我一直非常感激，即便有其他公司提出更優渥的條件，我依然留在這裡，因爲我答應過她，要幫她守住公司，不讓壞女人奪走。

而她口中的壞女人，便是我的主管錢麗芸。

曼安要求他的父親，也就是董事長，把我放到錢麗芸底下工作。錢麗芸對我非常嚴苛，一開始工作那段日子，我幾乎是早上七點上班，晚上十一點才下班。假日是什麼？我的假日，就是跟著錢麗芸到北中南各地區不停地視察。

進公司半年多時，我因爲過度工作引起胃潰瘍，想向曼安提離職時，她哭著求我留下來，我才知道她的父親和錢麗芸在一起，母親也因爲丈夫花心，開始不愛回家，在外面養小白臉，所以她非常討厭錢麗芸。但礙於父親的關係，曼安對錢麗芸也只能恨在心底。她覺得她的家庭都被錢麗芸破壞了，她不想連公司都被錢麗芸掌控。爲了感謝她當年的幫忙，我答應了她，繼續留下來。

這一留，就是八年。

而我這樣一個只是想要簡單混口飯吃的人，被捲進了複雜的關係中。

八珍常說這是她聽過最好笑的報恩，因爲不管我做得再多，都不可能繼續升職，錢麗芸永遠都會在我上面，而我做到死也只能領那些薪水。每次有其他公司挖角，她都恨不得幫我裝上翅膀讓我馬上飛過去，我當然也很想，但我飛不起來。

我愚蠢的正義感老是扯我後腿。

當我累到進醫院打點滴時，我不恨曼安、不恨錢麗芸，就恨我自己，因爲那是我自己的選擇。

錢麗芸踩著三吋高跟鞋走進來，穿著公司新一季的黑色套裝，她已經四十幾歲了，看起來依然十分美麗，身材姣好並且全身散發著幹練的氣質，即便她對我嚴苛，我卻從不曾討厭她，感謝她的折磨，我今天才能這麼強。

「公主還沒到？」她看著我問。

我點了點頭，偷偷傳了一通簡訊給曼安，只有一個字，「到。」

五分鐘後，曼安踩著五吋高跟鞋，穿著CHANEL最新的粉色短洋裝，波浪大卷的長髮在身後甩啊甩，像個娃娃一樣，整個人身上寫著「我很有錢」四個字。她就是那種每天都可以在蘋果日報上看到的社交名媛，不折不扣的先天人生勝利組。

但想到她的爸媽，這勝利又好像不是那麼值得高興了。

她坐到我對面，給了大家一個微笑，再對我眨眨眼，表示我簡訊傳得好。她的原則是「大牌永遠是最晚到的」，所以她絕對不能比錢麗芸早到，她要錢麗芸等她。每次開會，她寧可坐在車上等，確定錢麗芸到了，她再緩緩上樓來。爲了抓好上場的時間，她要我在錢麗芸進來時傳簡訊給她。

「很幼稚。」我對曼安這麼說過，但她笑了笑，對我說：「可是我很爽快。」我想，任何一段對立的關係都是這樣的，再怎麼幼稚地耍手段，只要能讓對方處於劣勢，就是一種快樂。

「每次開會都遲到，浪費大家時間。」錢麗芸很不客氣地先開砲。

曼安則笑嘻嘻地回應，「眞是對大家不好意思，因爲路上有點塞車，下午請大家吃下午茶喔！」

錢麗芸的表情變得很難看，「妳是行銷部的主管，老是給行銷部壞榜樣，光是這個月，行銷部的就有好幾個人遲到早退。」

「錢經理這樣說就有點太不合乎情理了。又不是只有行銷部的人這樣，業務部也同樣有人打混啊。之前還被我看到有三四個人在上班時間跑去看電影。妳說這該怎麼解決？」曼安也開始反擊。

「這件事，我已經交代偌慈嚴辦，偌慈，妳怎麼處理？」來了，我這個夾心餅的工作又來了。

八年來，今天這樣眞的算是小場面了，好幾次錢麗芸拍桌走人，曼安不屑地甩門，甚至快要打起來的狀況都有。關於面對爭吵，我感謝她們、感謝我的父親把我訓練得如此臨危不亂。

「扣薪三天、扣假兩天，四個都簽好同意書，交給人事部了。」我淡淡地說。

錢麗芸滿意地點了點頭，然後看著曼安，「那丁經理要怎麼處理？」

曼安收起笑容，「行銷部的事什麼時候要業務部來管了？你們業務部要怎麼處理是你們業務部的事，遲到早退有人事部看著辦不是嗎？那我是不是也可以管這個月高雄SOGO百貨的專櫃人員抓帳，還把衣服貼到網路上去賣，業務部要不要寫份報告交到我桌上呢？」

錢麗芸開始要大動肝火時，我只好出聲，「是不是能先討論下一季的營運方針和各部門的工作配合事項，時間不多了。」我指著牆上的時鐘，它顯示十點十一分。九點該開始的會議，已經遲了一個多小時。

兩個人對看了一眼，那一眼又花了一分鐘，她們才收拾起情緒準備開始。八珍無奈地看看我，我也無奈地看看她，其實不只我們兩個人無奈，其他同事都很無奈，但沒有辦法，工作上無奈的事太多了。

會議持續了四個小時，一直到下午兩點才總算結束。會議並不順利，這中間不斷穿插丁曼安和錢麗芸你來我往的口水戰，激烈爭奪不是爲了公司，是爲了她們的自尊。

有時候，我都在想是不是她們的自尊比較値錢？値得這樣用盡心力，拚死拚活地互相對抗。

畢竟，爲了生活，大部分的人都只能把自尊兩個字默默放在心底。「自尊」可這不是我這種後天自行調養組的人可以隨便拿出來的東西，要是不小心被人踐踏，碎了一地，是討不回來也黏不回原先的模樣的。

走出會議室，一回到位置上，我累得趴在桌上，眞心覺得自己會英年早逝。八珍在這時重重往我的背拍了好大一下，啪！痛得我坐起身，差點就搬椅子往她身上丟。

「妳是嫌命太長？」我瞪著她。

她又笑得很天眞地回我，「我只嫌我胸部太小。」

完全不想理她，我打算先眯個十分鐘再起來準備業務會議。才準備再趴下，蔡八珍又把我從位置上拉起來，「幹麼睡？妳不知道睡覺是死之後做的事嗎？活著就是要吃。我們去吃午餐，我快要餓死了。剛剛看著錢經理，妳不知道我心裡有多想吃叉燒飯！」她不只拉我起來，幾乎是把我架離座位往電梯的方向移動。

我已經懶得掙扎，事實上，開會時，我的肚子早就叫了幾千幾萬遍了。「難道她看起來像一塊叉燒？」我好奇地問。

「不，她今天噴的香水味道很像叉燒。」八珍很嚴肅地說。

錢麗芸剛從香港帶回來要價八千多塊的限量名牌香水，居然被形容聞起來像叉燒。她如果知道了，我想應該會躲進廁所大哭。

因爲這樣，八珍說什麼都非得吃到叉燒飯。於是我們走過一條又一條街，我陪她一起找港式燒臘店。這一找，又花了半個小時，又餓又累的我脾氣忍不住上來，「叉燒不能明天吃嗎？」還有一堆事要做，哪來的時間陪她耗。

「不行，今天沒吃到叉燒我一定會睡不著的。」她的堅持都用在很奇妙的地方，包括堅持不用太認眞工作。

我嘆了口氣，繼續被她拉著走。這時，口袋裡的手機震了一下，拿出手機一看，是弟弟傳來的訊息。我打開對話視窗，他傳了一張照片，是一張三千元美金支票的照片。

接著他又傳來，「姊，妳最近可以不用匯錢給我，我拿到獎學金了，之後還會有系學會的獎學金可以領，強吧！」

「超強。」我打從心裡驕傲地說。

即使他獨佔了父親全部的愛，我也從來不恨弟弟。但他總因爲自己擁有父親的疼愛而對我有所愧疚。他擔心我的狀況，知道我收入不高，不想增加我太多負擔，所以努力拿到好成績申請獎學金。

他又貼心地說：「妳不要老是匯錢給我，之前匯的其實都還有剩，姊，妳要多花錢在自己身上，對自己好一點，我可以自己照顧自己。」

我感動地看著他打的文字，這都是支撐我走到現在的動力。

才想繼續回覆弟弟，我隨即被八珍拉走，躲在一旁的環保回收車後面，那味道熏得我快要崩潰。我甩掉她的手，想和這台車拉開距離，馬上又被八珍拉住。她急忙對我說：「不要出去，我看到董事長和錢經理啦！」

「公司裡誰不知道他們兩個在一起？」我捏著鼻子說。即使沒有公開，這件事在公司早就無人不曉，連其他縣市的專櫃工作人員也全都曉得，只是大家都當作沒這回事。職場的潛規則之一，老闆就算有八百萬個小三，員工都要裝作不知道。

「大家都知道啊！但現在迎面碰上的話，不是很奇怪嗎？想到還要打招呼就覺得超尷尬，不如不要碰見。」

爲了閃開老闆和小三的約會，員工竟然得躲在回收車旁邊，還要假裝沒有看到。天底下有比這更荒唐的事嗎？我只能捏著鼻子等待，當他們的背影從我眼前走過時，我眞的很感謝八珍把我拉到回收車旁邊躲。

因爲董事長正牽著錢麗芸的手。我眞的很慶幸沒有和他們迎面遇上。看到這一幕，我怕我的表情會洩漏出我的心情。

就是同情。

和董事長發展地下情十幾年下來，錢麗芸她居然沒瘋，同爲女人的我，在這方面打從心底佩服她，但依然無法接受她介入曼安的家庭。

和別人共有一個男人眞的會幸福嗎？以我的經驗是不會，因爲我眞的無法說服自己說：沒關係，只要他愛我就可以了，或者：只要我愛他就夠了。人往往都太高估自己的忍耐力了。

因爲，在愛情裡，我們的野心永遠不可能滿足。

第二章

我想擁有愛情，即使我一無所有，我依然覺得我可以擁有愛情。

吃完飯回到公司，我的屁股都還沒有碰到椅子，曼安就把我叫進她的辦公室。她整個人氣呼呼的，沒有意外的話，接下來大概也是要抱怨錢麗芸吧！

我坐在她辦公室裡的沙發上，才要開口安撫她，她就先發飆了，「妳說她是個什麼東西？還不是因爲有我爸才有她今天，她竟然還敢對我這個樣子？也不想想她把我家搞成什麼樣子，她還有臉面對我？眞是個賤女人。」

「妳吃飯了嗎？」我試著轉移話題。

我太習慣她罵錢麗芸的字眼，但我不會陪著她一起罵錢麗芸，因爲我沒有資格，畢竟錢麗芸破壞的並不是我的家庭，而曼安家裡的那些問題，我想也不完全是錢麗芸介入的關係。

我不想去批評別人，除非我從出生到現在沒犯過半點錯，不然，又有什麼立場評論別人？尤其是別人的家事。

曼安苦笑了兩聲，「吃飯，我看到她就反胃了，哪裡還吃得下！」

「要吃點東西，不然怎麼有力氣工作？」我說。

「所以我不要工作了。」她突然臉色一變，溫柔地對我笑著。

但我心裡只浮現三個字，又來了。

曼安把桌上的檔案夾遞給我，滿臉笑意，「偌慈，這些就麻煩妳囉！這幾個行銷活動請妳幫我看看，如果妳覺得ＯＫ就幫我簽名，直接請下面的人執行，再順便幫我監督一下。被錢麗芸搞得我全身不舒服，我要出去散散心。」

我麻痺地接了過來，我的職務除了是業務主任，最重要的工作就是代理曼安的行銷經理，一年的工作日大約有兩百天，我就至少代理了一百八十天。

「不是才剛從歐洲回來？」我說。

「有嗎？回來都快一個月了耶，我得再出去充充電，這次我打算去希臘，感受一下愛琴海還有藍白色的浪漫世界。」她興奮地說。

但我一點感覺也沒有，因為那不是我的世界。希臘這個國度，對我來說是遙遠到這輩子可能一次也不會去的地方。我和曼安是不同世界的人，這也就是爲什麼我們明明是大學同學，卻只能是同事，而無法變成朋友。

也許我們很靠近，卻從來不曾走入彼此的世界。

我抱了一堆檔案夾從曼安的辦公室走出來，正好遇到回公司的錢麗芸。她掃了我一眼，我發現她的表情很難看，我非常明白接下來會發生什麼事。

「偌慈，到我辦公室來一下。」她面無表情地對我說。

我點了點頭，先把檔案放回我桌上，八珍同情地看著我，我沒有理她，做好耳朵會很痛的萬全準備，走進錢麗芸的辦公室。

門一關上，她就開始劈里啪啦，「丁曼安又叫妳幫她做事了？她自己的工作爲什麼不自己做？妳要搞清楚，妳是業務部的人，不是行銷部的，這句話要我跟妳講多少次，還是妳直接調去行銷部？」

說眞的，我要去哪個部門是我自己可以決定的嗎？當初曼安把我放到業務部，說是不想讓錢麗芸掌控整個業務部，而錢麗芸也想盡各種辦法要把我趕到曼安的行銷部。我們兩個人的戰爭中，我永遠都是犧牲品。

「我知道妳工作能力很強，但妳要清楚什麼叫各司其職，如果不能做好自己的工作，丁曼安就不要來工作！」

這不是我可以決定的，更不是錢麗芸可以決定的，公司是曼安家開的，她最有權利叫誰不要來。其實，我和錢麗芸都知道這是一道無解的習題，但爲了這一口吞不下的氣，她只好每次都把我叫進辦公室抒發。人就是這樣，打不贏主將，就叫個卒來殺殺，我是曼安帶進來的人，錢麗芸罵不了丁曼安，罵罵我也好，至少她會覺得自己有面子一點。善良如我，其實是可以體諒她的。

我沒有回應。我想，在佩服錢麗芸對十幾年地下情的忍耐力之前，我應該要先佩服我自己，夾在她們中間八年，我居然還活得如此健康。

哲諺常說，我最大的優點大概就是懂得自嘲。不然呢？先笑自己，總比被別人笑來得好吧！如果不這樣，這日子到底要怎麼過下去，我想沒有人知道。

被錢麗芸整整唸了二十分鐘，看著她桌上的時鐘，顯示下午四點半。這麼晚了，我想她應該不會再開業務會議，這樣我可以利用等一下的時間先處理一些重要的事情，應該可以趕上哲諺的聚會。

但我的如意算盤打錯了。

「出去準備一下，和業務部的同事說十分鐘後開會。」話一說完，我忍不住冒冷汗，這會議一開下去，沒有兩三個小時是很難結束的。

硬著頭皮說了聲好之後，我要做的第一件事不是向大家宣布要開會，而是先偷偷跑去樓梯間打電話給哲諺，讓他有心理準備，我今天可能沒有辦法出席了。

電話接通，哲諺的聲音很開心地從另一頭傳來，「偌慈，我收到伴手禮了，妳真的很會挑耶，我們執行長很喜歡那套綠檀木茶具組，一直拿出來欣賞，說妳眼光很好。」

「真的嗎？他喜歡就好，可是哲諺……我現在才要開業務會議，我真的很擔心晚上趕不上……」聽到他開心的聲音，我也覺得很開心，但還是得趕緊向他說明我的狀況。

結果我話還沒說完就被他打斷，「妳怎麼可以不來？我好不容易升上督導，執行長請各區督導吃飯，也跟他說了妳會來。妳這樣要我怎麼辦？平常妳加班時，和朋友的聚會我也都自己去。可是這次不一樣，是我的工作能力得到了肯定，妳難道不應該陪我出席嗎？」他開心的聲音消失，取代的是憤怒和失望。

「我知道，我盡量趕到，可能會遲到一點，沒關係嗎？」我說。

「沒關係，我會等妳。」他稍微冷靜下來。

於是我決定用最快的速度解決這場會議，希望這次不要再讓哲諺失望。

可惜會議非常不順利，時間一分一秒地過，我看分針繞過一圈又一圈，會議內容還是陷在業績無法提升的狀況裡，鬼打牆般不停循環，我都快瘋掉了。

即使進入九月，近來天氣依然十分炎熱，公司新上市的秋裝銷售狀況非常不好，大部分消費者還是喜歡購買夏季的衣服。但夏裝的銷售其實已經差不多飽和，新客人舊客人該買的款式都買了，除非再推出新款式的夏裝，不然怎麼吸引消費者再上門購買？

氣候因素實在是大家無法預測的，可是錢麗芸先是把北中南各區的區督導罵過一次，接下來再繼續訓斥我，怪我身爲主任爲什麼沒有注意到這個狀況。事實上，這件事我早在上個月的月報時向她提過一次，她大概忘記了。

我不喜歡爭辯，因爲那太浪費時間。她罵我可能只需要十分鐘，但如果我們爭辯，少說可能要爭上半個小時，而我現在最需要的就是節省時間。

錢麗芸教訓大家的空檔時，我提議趁這個時候把前兩年過季的夏裝拿來做特價活動，順便出清庫存，或許可以再搭配購買秋裝來設計出更優惠的案子。

她很滿意地點了點頭，「很好，我要的就是解決的方法。那接下來的工作就交給妳了，晚一點把執行計畫mail到我信箱。」說完，她就離開辦公室了。我累得癱在位置上，手機上的時間顯示六點五十八分。

突然發現開會是世界上最沒效率的事了。

我趕緊走回位置，拉開抽屜拿出包包，準備往W Hotel出發。這時行銷部的美娟突然跑到我旁邊，「偌慈主任，怎麼辦？明天要在西門町舉辦的活動，在剛才架舞台時發現背板logo印的是公司三年前的舊檔案，那還要繼續用嗎？」

「當然不行，趕快請美工組輸出新logo貼到背板上，記得一定要和背板的設計相符。」我說。

「可是美工組的人都下班了，怎麼辦？」她一臉焦急。

「妳那裡有送印的原始檔嗎？」我知道，這件事不處理好我是根本沒辦法離開的。

「應該有。」她說。

於是拿著她給我的檔案，我重新打開電腦，用繪圖程式把新logo放上。原本不會用繪圖軟體的我，因爲這些大大小小的突發狀況而被訓練成ＰＳ達人。人最強的一點，就是什麼都可以被訓練，不爲什麼，就只爲了生存。

用最快的速度擷取出新logo的部分，要美娟拿去找公司配合的印刷廠，請老闆幫我們輸出。

「印刷廠六點半就下班了，可是現在都快八點了，老闆會願意幫忙嗎？」美娟哭喪著臉說。

「那就求到他願意為止。」我冷冷地回答。

工作上的低頭並不丟臉，如果覺得為了工作要去低頭很丟臉，那才是眞正的丟臉。工作最重要的，永遠都是完成，這是錢麗芸教我的第一件事。

美娟心不甘情不願拿著隨身碟離開，把一個剛出社會的女孩丟進那樣的難題，我知道是一件很殘忍的事，但要在這現實的世界生存，就要學會接受殘忍，我在心裡祈禱她可以度過這個難關。

也祈禱遲到的我可以度過哲諺這個難關。

「對不起，我眞的遲到了，現在已經在路上了。」坐上計程車傳簡訊給哲諺時，已經八點十一分了。

「沒關係，我等妳。」一分鐘內收到了他的回覆，他越說沒關係，我的愧疚感就越深。

我看著有點雍塞的交通狀況，對計程車司機說：「司機大哥，可以麻煩你盡量幫我趕一下嗎？」

司機聽著地下電台，胡亂點了點頭，不知道有沒有聽進我說的話。我嘆了口氣躺在椅背上，希望我不要遲到太久。

「小姐，到了喔！」司機先生喚醒不小心睡著的我，我恍惚地看著飯店大門那個大大的W，才突然清醒過來，趕緊付了錢。八點三十八分，我加快腳步走進大廳。

從包包裡拿出手機準備撥電話給哲諺時，手機也剛好響了。以爲是哲諺來電，我沒多看便接了起來。

「偌慈，我是小禎姊，妳爸又在急診室大吵大鬧，妳可以趕快過來處理一下嗎？」小禎姊的話又狠狠地把我拋入地獄。

又來了。

父親每次只要喝到大醉，就會跑去母親過世時的醫院。血癌末期的媽媽，當初被治療搞得不成人形，苦苦要求我們帶她回家，父親掙扎了很久才決定讓媽媽回去。有一天半夜，媽媽在家裡已經吐到暈厥，我們急忙把媽媽送到醫院。在急診室時，她就離開我們了。

從此之後，太過思念媽媽的父親只要一喝醉，就會跑到急診室，躺在媽媽離開的病床位置上，我就得去醫院帶回喝醉的父親，還要不停地向大家道歉。因爲這樣，急診室資深的護士小姐大多知道我的電話。她們理解父親是太想念媽媽的關係，所以都盡量體諒，要不然，我大概就不是去醫院接他，而是去警局保釋他了。

這情形一個月至少會發生兩次，而頻頻發生的時候，會讓我累到數不清次數。這樣的循環已經成爲我和哲諺之間的問題，我們每次都會因此吵架。

現在這狀況我到底該怎麼辦才好？不顧在急診室大吵的父親，去參加男友的聚會？還是丟下苦苦等我的男友，先去帶回父親？

又是一個進退兩難。

我無法不顧喝醉的父親，於是又從飯店大廳往門外衝出來，坐上計程車後，我打了電話給哲諺。

「到了嗎？我出去接妳。」他開心地說。

我則是內疚到快要死掉了，「哲諺，我爸他……」

「他！又是他？又喝醉了？妳又要去接他嗎？妳一定要這樣嗎？我跟妳說的妳爲什麼都聽不進去？將來是我要照顧妳，是我要和妳一起生活，妳爲什麼永遠都搞不清楚狀況，那樣的爸爸妳要他幹麼？」哲諺非常生氣地對我吼著。

我自己也很想知道，父親那樣無視我，我還要他幹麼？我眞的不知道。

但我總是想起媽媽最後對我的交代，所以無法置之不理。夾在又怨懟又擔心的情緒裡，還要去收拾爛攤子，對我來說是多麼大的痛苦和折磨。可惜沒有人知道我內心的交戰，包括和我在一起將近四年的哲諺也不理解。

他始終要我斷了和父親的所有聯絡。

「哲諺，我知道你很生氣……」

「妳永遠都知道我會多生氣，但妳從來不在乎，妳永遠做妳自己想做的事，妳有沒有想過我？我永遠都在等妳，等妳回家、吃飯、看電影，連我最需要妳的這種時候，妳還是不在我旁邊，我們這樣下去到底有什麼意義？」

我一句話也說不出口，他說的都是事實。

彼此沉默了兩分鐘，電話在無聲無息中結束。那一刻，我的淚水也從眼眶中滿溢了出來。

我以爲自己已經夠努力了。我努力照顧他的生活，睡眠時間再少，也一定起床幫他做早餐。工作再累，回到家我也一定會打掃家裡，再幫他榨杯新鮮果汁。但這似乎不夠，他需要的是更多專心的陪伴，然而這是現在的我最難做到的。

胡亂地抹去臉上的淚水，我沒有辦法難過太久，因爲醫院已經到了。我下了計程車跑進急診室，小禎姊剛好在門邊，她趕緊拉住我。

「妳總算來了。」她一臉焦急，看到我馬上鬆一口氣。

「眞的很對不起，我爸又來給你們惹麻煩了。」

站在一旁的惠惠也出了聲音，「我們都知道妳爸很愛妳媽，有時候他喝醉了，安安靜靜地睡著那也就算了。今天突然坐在那張床上，一下大哭，又一下捶床的。急診室還有其他病人，我們眞的會很困擾。」

「眞的很對不起。」我除了這句話之外，實在已經無話可說，說什麼都無法表達我內心有多麼抱歉。

「急診部來了一個新的主任，剛剛看到妳爸這樣鬧，本來差點要報警了，還好我們說會請妳過來處理才安撫下來。趁主任現在剛好不在，妳趕快帶妳爸回去。」小禎姊一邊說還一邊四處張望。

我點了點頭，往急診室裡我最熟悉的位置走去，看到父親趴在床上睡得很熟。以前常聽見父親責備母親，菜煮得不夠好吃也嫌、衣服燙得不夠好也唸。但媽媽從來不生氣，常說爸爸其實是想和她聊天，找不到話題只好找碴。以前不相信，直到媽媽離開了，眼見爸爸的種種表現，我才知道原來媽媽對爸爸來說這麼重要。

小禎姊看著我說：「可能鬧得累了，睡著了。」

我走到床邊，搖搖他的肩膀，「爸，先起來，我送你回家。」

他迷迷糊糊地拍掉我的手，大聲喊著，「妳在這裡幹麼？我有叫妳來嗎？」接著又繼續趴下來睡。

是，從來都不是你叫我來，我卻不得不來。

我無奈地嘆了一口氣，使出全身力量扶他起來，讓他的手臂勾在我的肩膀上，旁邊的小禎姊也走過來幫忙。好不容易才讓父親起身離開病床，好好地站了起來，正要往前走，一道白色的身影就擋在我面前。

我抬起頭看眼前這個人，他穿著醫生袍，臉上戴著一副黑框眼鏡，不知道是不是濃眉大眼的關係，不笑的表情有點嚴肅。

這個人，有點冷。

「何小姐，請妳好好和妳父親溝通，急診室不是用來收容喝醉酒的人，它是用來拯救生命危急的人。我希望這樣子的狀況以後不會再發生，身為子女，請多關心家裡的長輩。」他語氣很冷淡，嚴格地對我說。

不知道是他的表情太冷，還是急診室裡冷氣太強，我渾身上下頓時起了一股涼意。

「主任……」小禎姊很想為我說點什麼，卻也不知道該從哪裡開口。

我看著小禎姊口裡的那位主任，即使覺得有口難言，覺得委屈想反駁，也是一句話都說不出口。要把我心裡的折磨講清楚，可能三天三夜也不夠，更何況我什麼都不想說，只能不停道歉。

「造成大家的困擾，非常抱歉。」這句話我不知道重複過幾百次了。

他依舊冷冷地看著我。我突然可以想像八珍常說我看起來很冷漠的樣子，大概就是這樣，讓人不知所措。

神啊！如果我可以平安離開這裡，從現在起，我會努力當個有溫度的人。

喝醉的父親全身重量整個壓在我身上，我覺得自己再繼續站下去一定會撐不住，打算快點離開。我抬起頭繼續向大家道歉，「真的很不好意思，下次我會注意的，我先帶我爸爸離開。」

我用力地扶著他，腳步不穩地往門口走去，再差兩步就要到門口時，我已經被父親的重量壓到肩膀麻痺，雙腿都快沒有力氣了。差一點跌倒的當下，肩上的重量突然間消失。我回過頭一看，父親正掛在那位主任的肩上。

他的突然幫忙，比表現出冷漠更讓我不知所措。

「快去叫計程車。」他看著發呆的我說。

我回過神，點了點頭，趕緊跑到門外。正好有人從一部計程車下來，我便把車攔了下來。一轉身，他已經扶著我父親來到我旁邊，先讓父親上了車，替他繫好安全帶後，我抬頭想向他道謝，他已經走進醫院。

謝謝，我看著他的背影說。

把父親送到家，請計程車司機幫忙扶進屋內，再幫他擦個臉，讓他好好地在房間內睡覺，我則動手開始打掃家裡。上次回來已經是一個星期前了，待洗的碗盤堆滿了洗碗槽，餐桌上還有酸掉的食物，客廳的桌上除了空的啤酒瓶外，就是高粱酒空瓶，洗好的衣服也沒有疊，全堆在沙發上。

被父親趕出來之後，本來打算再也不要管他的事。但每當我想放棄，媽媽的那一句「好好照顧爸爸和弟弟」就會在我腦子裡盤旋，最後我總是輸給了母親，所以仍然偶爾會回家看看父親，幫忙整理，即使每次都是吵架收場。

吵架，是因爲我不明白父親爲什麼要這樣過生活。

全部打掃完畢，我又走到附近便利商店買了些簡單的食物和水。把冰箱塡滿後，進了父親的房間察看，確定他睡得很熟，我才離開。

解決了父親，我並沒得放鬆，因爲接下來要面對的更是一場大戰。

回到家，已經午夜十二點多了。我在站在門口，預想著各種可能會發生的情景，以及可能會爆發的爭吵，光是在腦子裡想像，我就全身無力。從我早上出門到現在，已經被吵了一整天，我實在累到無法再多說一句話了。

在門外站得越久，我越不敢進門。

和哲諺在一起半年多時，因為兩人工作都很忙，他提議住在一起，即使再忙，回到家也還能見面。於是兩個人一起找到這間大套房，一起布置我們的家，假日就窩在家裡看影集吃東西。

一開始，我們真的非常快樂，但時間一拉長，問題就莫名其妙地一個接一個來。他媽媽不能接受一個好好的兒子搬到外面和女朋友住，因此對我非常排斥。他經常提醒我，和他媽媽應對時嘴要甜，但是我真的不是八珍，無法假裝溫柔賢淑又善解人意，我只能很努力地做自己做得到的事，過年過節從不忘記問候和送禮，有一次甚至親手織了件毛衣送她，但她依然不喜歡我。

哲諺也一直覺得我做得不夠。尤其還有我那常惹麻煩的父親。剛在一起時，他會陪著我處理父親的事情，第一次他告訴我，那是妳的父親，我這麼做是應該的。第二次他問我，妳爸經常這樣嗎？第三次他說，妳爸這樣子妳爲什麼還要管他？

接著就沒有第四次了。

之後，每一次出事，他總會要我別去處理，說著說著，兩個人就會吵架。再後來，他就乾脆不說了，每次我要去處理父親的事情時，他就當作不知道，也不會過問，我知道他在忍耐。此外，他也不能理解爲什麼弟弟的學費和生活費是我在負責，他總是會對我吼，「妳以爲妳很有錢嗎？錢都匯給妳弟，都不爲我們的將來打算嗎？」

將來嗎？我也很想知道我的將來究竟應該怎麼打算。

我拿出僅存的一點點勇氣，拿出鑰匙把門打開，走進去時，發現燈是亮著的，而哲諺正坐在沙發上，面無表情地拿著一本書在看。

我像是做錯事的小孩，緩緩脫掉鞋子，走到沙發在他旁邊坐下，試著露出微笑，想請求他的原諒。

但他突然將書甩在桌上，生氣地看著我說：「妳知道嗎？我已經受夠這一切了。我給妳選擇，要我還是要妳爸？」

「哲諺，今天的事我眞的很抱歉……」

「我聽夠了妳的抱歉。妳眞的覺得抱歉嗎？如果妳眞的覺得虧欠我，今天就不會這樣對我了！平常也就算了，我可以忍，但今天這種狀況妳還要我忍嗎？執行長問我女朋友不來了嗎，我要怎麼開口對他說：對，不來了，她為了那個只會惹事的父親，所以丟下我不來了！我他媽的說不出口。」他氣得把沙發上的抱枕甩向一旁。抱枕撞倒了茶几上的盆栽。盆栽掉下來，泥沙灑了一地。

「我知道我父親很糟糕，但他依舊是我的父親，我要怎麼丟下他不管？」我說。

他又大吼起來，「為什麼不行？明明就是妳自己在那裡裝偉大，以為那個家沒有妳就不行。妳每次去幫忙，他給過妳什麼好臉色嗎？要是我，早就和那種父親斷絕關係了。」

對，我當然也想斷絕關係，不要管我爸的死活，然後自己去過自己的生活，追求自己的幸福。但那樣我就一定會幸福嗎？我可以假裝我沒有那樣的爸爸，或是催眠我自己說父親早就跟著媽媽離開，然後開心地笑著生活嗎？

我很努力試過不要再管父親的事，但我做不到。當小禎姊來電，說父親喝醉在急診室外摔了跤，右手肘關節脫臼，頭也撞到了，那一刻，發誓再也不管父親的我，還是隨即掛了電話就往外衝。

發誓又怎麼樣，真正可以做到的事，是不需要發誓的。

「可以明天再談嗎？我現在眞的很累。」我說。

「只有妳累，我不累嗎？這幾年來我不累嗎？我跟妳說，這次我不會再忍耐了，妳自己好好想想，要和我在一起，就不要再管妳爸爸的事，脫離那個家庭，不然就只有分手了。」

我無奈地看著他，四年多的感情，難道只剩下這樣的選擇？

他拿了車鑰匙和包包，在離開家前對我說：「不要以爲只有妳會難過，當妳逼我做出這樣的決定，我比妳更難過。妳自己好好想一想，肩負著那樣的父親，妳注定一無所有，一輩子都不會幸福的。」

哲諺的話像刀，緩緩地劃過我全身，又痛又冰冷，我的血流不出來，痛卻布滿全身。我呆坐在沙發上，他的話一遍又一遍在我腦子裡響起，媽媽的話也不停地冒出來對抗。這要怎麼選？我能怎麼選？沒有人可以給我答案。

遇到哲諺之前，我以爲愛情是愛情，家庭是家庭，是不相關的。戀愛的時候，只要開開心心談戀愛就可以了，至少前幾次戀愛都是這樣子的。沒想到，當愛情和現實有了衝突，愛情居然會被現實衝撞得如此破碎。愛情，竟是這麼地脆弱。

認清這個事實之後，我坐在沙發上整整哭了十分鐘。

而最讓人難過的是，你知道哭完日子還得繼續過，不管有多傷心，你依然必須去面對那些生活的事，那是不會因爲你有多痛苦就自動消失的，你得吃飯工作，你得面對任何一個和你擦身而過的人，一切都不會停止的。

哭累了之後，我走到浴室準備卸妝。看著鏡子裡面的自己，妝已經哭花，眼線暈開沾了滿臉，殘餘的粉底東一塊西一塊的。我洗掉這個狼狽的自己，再好好沖了個澡。

第一次和哲諺發生這麼大的爭吵，嚴重到讓他氣得甩門離去不回家，凌晨一點半，我打開筆電，繼續坐在沙發上。洗好的頭髮還滴著水珠，但我沒有時間擦，因爲我沒有忘記要交給錢麗芸的執行計畫，我邊工作，邊看著只剩下我一個人的房間，不知道爲什麼，竟突然覺得輕鬆。

我不是應該要邊敲鍵盤邊哭，擔心著和我吵架的男友現在到哪裡去了嗎？但我居然沒有，反倒鬆了一口氣。我這女友眞的很不合格，也難怪他要跟我分手了。

八珍常說：「像妳這麼獨立，丟到無人島也可以活下來的女人，根本不需要談戀愛。戀愛這種東西，是給需要被照顧的女人來談的。」

我只能回她，「聽妳在放屁！獨立的女人也需要被呵護被照顧，不管是誰。什麼樣的人，都有戀愛的權利。」

但現在放屁的人好像是我，我以為就算我一無所有，依然可以擁有愛情，事實上，是我太貪心。像我這樣的女人，有著這樣的負擔，愛情對我來說，是像ＬＶ一樣的奢侈品，我不應該期待。

眼淚又默默地流了出來，和頭髮上的水珠一起滴到身上。四年的感情，若要放手，我又眞的可以那麼灑脫嗎？

我眞的不知道。

第三章

我還沒有準備好同時面對愛和現實，它們就一前一後出現了。當現實往前衝，愛拔腿就跑。不是現實來勢洶洶，也不是愛情懦弱膽小，而是沒能守護愛情的我太無能。

昨天晚上哭太多，早上戴不上隱形眼鏡，只好戴著眼鏡去上班。紅腫的眼皮和臉頰，都在向每一個看到我的人宣告我昨天哭過，還哭的很慘。低著頭走進公司，警衛卻叫住了我，「何小姐，妳今天戴眼鏡啊，好有氣質耶！」

我轉過頭去，對他說了聲謝謝，接著繼續往前走。八珍的聲音突然在我後面出現，「喂，妳跟警衛伯伯說什麼啊？爲什麼他表情這麼驚慌？」

「我跟他說謝謝。」我頭也沒回地說。

她聽到我的聲音馬上大叫，「妳聲音怎麼那麼沙啞？感冒了喔？」然後跑到我面前，看到我的臉又叫了一聲，「哇靠，妳的臉是泡了福馬林嗎？怎麼腫成這樣？」還順便伸手按了我水腫的臉兩下。

我用力地拍掉她的手，「那我一定會想辦法讓妳喝掉那些福馬林。」

她痛得縮回手，然後用一點也不像開玩笑的語氣問我，「福馬林可以豐胸嗎？」

「在豐胸之前，我建議妳先去整腦。」要是和她認真，我就真的輸了。按下電梯按鈕，電梯很快地到了。我走進去，她在後面也跟了進來。

「幹麼這樣，珍惜地球資源耶，如果可以豐胸，這也是環保回收的一種啊！」她在狡辯。如果我再和她辯，要去整腦的人就不是她，是我了。

我沒有理她，但她還是很開心地繼續說：「慈，妳沒發現我今天早到了嗎？」

我敷衍地點了點頭，看著她從包包裡拿出幾個墊胸部的材料，也就是俗稱的水餃。

她興高采烈地說：「以後我來公司再墊，這樣就不會遲到了，我是不是很聰明？」

眞心被她打敗，只能無奈地看著她。

「妳還不快說！妳昨天哭很久喔？和陳哲諺吵架了喔？」她突然轉變話題，擔心地問我。

我假裝沒事地說：「哪有。」

「呿！妳對別人嘴硬否認，別人可能會信，妳這樣對我說，妳覺得我會信嗎？拜託一下好不好，妳可以獨立，但不表示妳需要假撐好嗎？妳不知道假撐已經不流行很久了嗎？」

她手扠在腰上，像極了市場裡叫賣豬肉的歐巴桑。好想問她豬肉一斤多少，不過我卻是開口問她，「假撐是什麼東西？」聽都沒有聽過。

「假裝自己可以撐得起一切啊！拜託，妳不是很聰明，連這個都不懂喔！」她一副精通天文地理古今中外，好像在國外拿了八百個博士學位的語氣，但她明明就是假會。

假裝自己什麼都很會。

電梯門剛好打開，我沒有理她就走了出去，一樣打了八點二十九分的卡。

回到位置上，準備開始工作前，我對坐在旁邊的八珍說：「他要我選，看要他還是要我爸。」

終究，我還是需要一個出口。即使我知道八珍嘴裡不會吐出什麼好意見，我仍然需要一個出口，這樣我才不必把話埋在心裡。

八珍倒吸一口氣，接著馬上說：「當然是選陳哲諺啊！女人以後要依靠的就只有另一半了，更何況妳爸又沒有照顧過妳。」

「所以我應該丟下我爸和我弟，跟他們脫離關係，去追求我自己的幸福嗎？」我想知道，這世界上，是不是只有我一個人會願意陷在這樣的家庭裡，使自己必須面對這樣的愛情危機。

八珍突然爲難地看著我，「需要到脫離關係那麼嚴重嗎？至少妳弟很爭氣又懂事，妳爸雖然很誇張，但還是妳爸。他自己一個人住，偶爾回去看一下應該沒關係吧！」

「我也希望可以沒關係。」我說。

「哎唷，我覺得應該是陳哲諺太生氣了，才會說那樣的話。過幾天他氣比較消了之後，妳再好好和他談啊。說眞的啦，要是我的女朋友這樣被折磨，我也會心疼啊！妳就當他心疼妳所以才賭氣嘛！」八珍的安慰，讓我心裡好過很多。

爲了這個可能的心疼，我拿了手機走到樓梯間，撥了通電話給哲諺。他整晚沒回家，我有點擔心。撥出後第一通沒接，我繼續撥了第二通，響到我要放棄的時候，電話終於接通了。

這時我卻突然不知道該說什麼，胃一陣緊縮，覺得好緊張。

哲諺卻先出聲了，「有事嗎？」語氣非常平淡。

我深吸一口氣，才有勇氣開口，「沒有，你昨天整個晚上沒回來，我有點擔心。」

他在電話那頭笑了兩聲，「原來妳會擔心我？」

他輕蔑的笑聲讓我很不開心，好像我從來沒有付出，也從來沒投入過感情一樣。我不禁生氣了起來，「可以不要這樣嗎？」

「不然要我怎樣？要我當作一切都沒發生嗎？不可能，只要妳和妳爸繼續往來，我們就不可能繼續下去。這幾天我會先住我媽那裡，妳想好再告訴我。」

結束不愉快的對話後，我坐在樓梯臺階上發呆，全身沒有力氣，也不想走回辦公室，一直到八珍來叫我，我才發現已經過了半個小時。

「妳還好吧！」她蹲在我面前，雙手捧著自己的臉裝可愛地說。

我回過神，點了點頭。

「錢經理在找妳，妳心情整理好了就快進來，我說妳外出去和客戶開會。」說完，八珍先離開了。

我則是多做了幾個深呼吸，到廁所去洗把臉，才緩緩走進辦公室，來到錢麗芸的經理室外敲門。

「進來。」她說。

她看著我的臉，表情有點奇怪，我也看著她的臉，感覺像在照鏡子一樣。她今天也沒化妝，雖然沒有和我一樣戴著眼鏡出門，卻也是一臉昨天晚上哭太多的樣子。我們看著對方，然後都心知肚明。

我們兩個同時收回對彼此的注視，錢麗芸乾咳了兩聲後，接著說：「我收到email了，計畫也看過了。先針對幾個狀況不好的點去安排，讓他們開始做出清活動，接下來就讓妳處理，在月底前執行。」

「好。」我回答。

她又看了看我，一臉想要問什麼又不知道該怎麼問的樣子。

「還有事嗎？」我說。

錢麗芸搖了搖頭，「沒有，妳去忙吧！」

「好。」我轉過身走到門旁，才想要轉開門把，錢麗芸的聲音又出現了。

「妳沒事吧？」她這樣問我。

這是錢麗芸第一次主動關心我。從我進公司第一天起，我和她之間就只有公事，除了公事之外，我們幾乎沒有任何接觸和交集，包括言語上的。我們從不會和對方閒聊「吃過飯了嗎」、「昨天放假去哪裡啦」之類的事。那些閒話家常，在我們的對話中不曾出現過。

但她的這一句關心，讓我感覺溫暖不少。我回過頭，扯著八珍說很僵硬的笑容回答，「嗯，沒事。」但我眞的沒有想到自己會說出接下來那一句話，「那經理呢？也沒事吧？」

我相信，當下說出口時，如果八珍站我旁邊，她一定會馬上拉著我去看醫生，不然就是抓住我的肩膀猛搖晃，嘴裡大喊，「慈！妳沒發燒吧？」

錢麗芸先是愣了一下，然後裝著一如平常幹練的樣子，手一揮，微微一笑，「當然，能有什麼事！」

我點了點頭，離開錢麗芸的辦公室走回位置坐下，想著她剛才的反常。八珍則是腿一蹬，滑到我旁邊八卦地問：「慈，經理跟妳說什麼？我覺得她今天也怪怪的耶，很少看到她沒化妝，今天又穿得這麼樸素，不會是和董事長分手了吧！」

我沒有理她，其實老是被我無視的八珍還滿可憐的。

對於我的無視，她生氣地拉了我的耳朵，「妳在想什麼啦！」

我轉過頭看著她，她滿臉期待我說出什麼八卦的神情。我只好告訴她，「我在想，兩個很會假撐的女人，是很難變成朋友的。」

因為兩人永遠會在「妳好嗎」和「嗯，我很好」這兩個句子之間循環。我們總是死撐著不願意讓別人看出弱點，那倒不是愛好面子，只是為了保護自己。兩個把自己放在各自保護區的人，是永遠無法靠近的。

「講什麼啦！聽都聽不懂，最好都這樣！每次公司有八卦，我第一個分享的人就是妳，現在妳有好康的都不告訴我。朋友是這樣子當的嗎？妳對我難道不會有一點點愧疚嗎？」她一字一句講得憤憤不平，不知道的人，可能會以為此刻的狀況是我讓她懷孕了，還叫她自己籌錢墮胎。

但我依舊是我，「不會。」我說。

有什麼好愧疚的？更何況我一點都不想知道採購組的誰誰誰和生產部的某某某在談戀愛，也不想知道美工組的誰跟行銷部的誰搞婚外情，這種壞事聽太多，耳屎都會長得特別多。

她生氣了，椅子一滑回到自己位置上，「何偌慈，我考慮跟妳絕交。」

「喔。」我回答著。

然後，八珍在一旁崩潰。

我從位置上望向錢麗芸的辦公室，落地玻璃後的窗簾被她拉上了。我想，昨天晚上被感情折磨的不只我一個人。

不再去想那些沒辦法解決的問題，我現在唯一能做的，就是解決桌上的工作和六十幾封待回的email，這世界上什麼都有可能背叛你，但工作不會，你不做，它就會在，你做了，它還是會在，如此地不離不棄。

因爲太專心工作的關係，不知不覺又到了午餐時間。八珍又坐著椅子滑過來我旁邊，「慈，我們去吃前面轉角的鍋燒意麵加木瓜牛奶，從現在開始，我每天都要喝一杯木瓜牛奶。」

「妳不是要跟我絕交？」我說。

「有嗎？妳記錯了吧！快點啦！等一下人多會排很久。」她邊說又邊拉著我。

我想到昨天買的那堆微波食品還放在茶水間的冰箱，動都還沒有動，打算今天至少也要消耗一點。但拗不過八珍像八爪魚般的攻擊，只好拿著錢包和手機，陪她一起下樓豐胸，不，陪她一起吃午餐。

八珍又繼續說著她的豐胸大計，還好我的手機在這時候響起，拯救了我的耳朵。我趕緊拉開她勾住我的手，接起電話。

「您好，我是何偌慈。」我以公式化的口吻回覆著沒見過的來電。

但手機裡傳來更公式化，更不帶任何感情的回應，「我是哲諺的媽媽。」

我在心裡狠狠地嚇了一跳，頭腦突然一片空白。交往的這四年，他媽媽從未主動和我聯絡過，就連偶爾碰面吃飯，和我交談時也是有一句沒一句的。我知道她排斥我的家庭，所以我可以接受她不喜歡我，只是沒想到她有一天會打電話給我。

「現在可以見個面嗎？」哲諺的媽媽這樣對我說。

於是，我們約在我公司附近的星巴克碰面。赴約前，八珍擔心得不停用手機裡的程式幫我占卜。

「慈！大凶耶，妳確定妳要去？他媽沒事找妳見面幹麼？不覺得有點可疑、有點恐怖、有點奇怪嗎？」她把手機湊到我眼前，「大凶」兩個字近到我快鬥雞眼了，我連忙把頭轉開。

「是很可疑很恐怖很奇怪，但長輩開口，我怎麼拒絕？」雖然我隱約知道她會和我說什麼。

「要先幫妳報警嗎？」她說。

「要啊，先抓妳。」我回。

她哀怨地看了我一眼。

沒有時間和她抬槓，我往約好的地點出發。雖然這一步一步走得我壓力無敵大，但是，我何偌慈雖然一無所有，也絕不逃避。該面對的，即使心底再慌再不安，我還是會去面對。

因爲那樣的父親，我知道人生除了面對之外，我沒有別的路可以走。

走進咖啡店，哲諺的媽媽已經坐在那裡等我了，她正看著我，而我的眼睛也無法再望向別的地方，只能迎著哲諺媽媽的眼神，假裝一點都不緊張地向她走去，拉開椅子坐在她的對面，開始接受她的打量。

「伯母好。」我說。

她沒有回答我，只是問著，「不點杯喝的嗎？」

我搖了搖頭，「不用了，剛剛喝過了。」

她的眼睛又掃視我一次，從頭到腳地打量。即使感覺再怎麼不舒服，我依然努力假裝鎮定，甚至露出微笑。

她緩緩端起咖啡喝了一口，再優雅地放下。我看著她的臉，覺得哲諺的眼睛和媽媽很像，還有手指也很像媽媽，又修長又漂亮。

「洋裝很適合妳，鞋子也配得很好，在服裝公司上班，果然品味就比較好。」她突然的稱讚，讓我全身起雞皮疙瘩。

我不知道該怎麼回應，只好點點頭，謝謝她的賞識。事實上，衣服是公司給資深員工的配額，鞋子因爲是曼安不穿過季的，總會挑幾雙送我，不然我怎麼買得起。

「昨天，哲諺回家住了。」話題一轉來到哲諺，我想，這才是眞正的主題，畢竟這幾年來，我從不曾和她聊過有關時尚的話題。

「我知道。」我回答著。

「其實妳眞的不是我心目中兒媳婦的人選。第一，妳個性太冷，我想要的是笑容滿面帶得出門的那種媳婦。第二，我非常不能接受妳爸爸，要和這樣的人做親家，我不願意。」

我看著哲諺媽媽，很想反駁些什麼，卻一個字也說不出來。我能拿什麼去推翻事實？我的個性是不討長輩喜歡，哲諺常問我爲什麼不能說些好聽話哄他媽媽開心，我也眞的不明白，講好聽話比心裡尊重來的重要嗎？

即使我知道她對我不滿意，我依然尊重她，因爲她是我愛的人的媽媽。我感謝她，因爲有她才有哲諺，可是哲諺總是不明白我的想法。

至於家庭，我更是沒有什麼好說的了。

「不過哲諺很喜歡妳，不停地說服我接受妳。我看妳把他照顧得很好，和妳在一起之後，他的工作也很順利，基本上，我是可以勉強接受妳的。」

這一句「勉強接受」眞的很像從我臉上潑了盆冷水，所以我應該跪下來感激涕零地說聲謝謝嗎？

我強壓著心裡那道微慍的怒火，極力克制，提醒自己別頂撞長輩。

她又端起咖啡，喝了一口接著說：「可是昨天哲諺回家，我看他很不開心，問了很久，他才把所有的狀況告訴我。我知道他讓妳選擇，但我希望妳跟他分手。」

我總是要停頓一下，在腦子裡重複一遍她說過的話，才能確定自己沒有聽錯。

交過幾個男友，男友的媽媽來向我提分手這還是第一次，以爲是哪部八點檔連續劇嗎？好像陳哲諺有幾億身家，我是那種爲了錢而去接近他的女人一樣。還是覺得兩人門不當戶不對，哲諺跟我在一起會讓他們家族蒙羞？

都不是啊！

我剛和哲諺在一起時，他只是個賣房子的業務員，而他們家也只是平凡的家庭，平凡的人爲什麼要把自己想得不平凡？我的家庭是有問題，但眞的還輪不到別人來評論和看不起。

「伯母，我和哲諺的事，我希望我們可以自己解決。」我說。

她把咖啡杯放在桌上，有一點用力，灑了些咖啡出來。她冷冷地掃了我一眼，接著說：「不管你們怎麼解決，就算妳決定脫離那個家，我也不會接受妳。」

哲諺媽媽的決心眞的不一般。

「也許妳覺得我很過分，但身爲母親，我有保護小孩的義務，我不想他之後受苦。」她一字一句講得如此眞切，如果媽媽還在，也應該會這樣保護我，不讓我受到傷害吧！

即使她每一句話都像刀一樣刺向我，我被她傷得體無完膚，但我忍不住在心裡羨慕起哲諺，有媽媽這樣的保護，他眞的好幸福。婚姻是兩個家庭的融合，一走就是幾十年，所以我能夠理解她想保護自己小孩的心情。

我可以理解她，但是誰來理解我呢？

「既然不被允許也不被祝福，那爲什麼要浪費彼此的時間？」她質問著我，然後繼續說：「接下來，我會幫哲諺介紹新對象，如果妳先提分手，我想至少可以留點面子吧！」說完，她起身拿了包包從我身旁走過。

愛情都沒了，要面子幹麼？我忍不住苦笑。

思緒陷入了兩難。我從來沒想過我的家庭會成爲我戀愛上的障礙，愛眞的不只是兩個人談談而已，分手也眞的不只因爲誰先變心，或誰提早無感。我今天才知道，現實也會是分手的原因，是我高估了愛情，以為只要有愛，什麼都可以被解決。

我和哲諺……接下來到底該怎麼辦？

我依然坐著沒有起身，咖啡香依然在我身邊環繞，我腦子裡繼續思考我和哲諺的問題，但是不管我努力地想了多久，都找不出答案。

在心裡嘆了好大一口氣，當我再抬起頭時，視線和坐在我們後面那一桌的男人交會。我嚇了一跳，他非常面熟，不，應該是說他的臉很容易被記住，我像照鏡子般看到一張冷冷的臉。

我看著那位昨天晚上才在急診室碰面的主任，先是有點驚訝，再來覺得像被赤裸裸地看穿，剛剛和哲諺媽媽講的話，我想他應該都聽到了。早先他被哲諺的媽媽擋住，我完全沒看到他，如果他從一開始就坐在那裡，那我們的對話他應該一字不漏全聽見了。

因為太慌張，我的視線無法從他臉上移開。

我試著解讀他看我的表情，但我猜不透，看起來很像是同情，但也很像憐憫，又好很像贊同哲諺的媽媽說的那些話：對！沒錯，她父親真的是個麻煩，我昨天才親身經歷過。

但不管是什麼，這麼赤裸的一面被他撞見，讓我十分受傷。

我收回和他對看的視線，起身離開，沒忘記交代自己要走得驕傲一點。雖然背對著他，但我依然感覺他一直在看我，直到我離開咖啡店，才擺脫他的視線。

已經亂到不行的人生，在這裡更是變得一團糟。

回到公司，八珍馬上把我拉到樓梯間，開始問我和哲諺媽媽講了什麼，發生了什麼事，順便問現在星巴克有沒有買一送一的活動。

「沒有，妳不會自己上網查喔！」我很煩躁地回答她這個問題。

我爲什麼要和她當朋友？這問題我幾乎每天都要問自己一次。

「順便問一下，幹麼那麼計較？」她手來腳來的，又往我身上打了一下。要不是太習慣她的肢體接觸，我一定一巴掌就呼過去了。

接著她臉上露出難過的表情摸摸我的頭，「哎唷，我們慈怎麼那麼可憐，我好難過，我們慈要加油啊！」

「妳少在那邊……」雙重人格啊！這孩子。

「不要跟哲諺分手，氣死他媽媽。」八珍突然提出了自以爲很好的建議，我眞的不知道該說她蠢還是天眞。

沒有理她，我轉身打開樓梯間的門準備回辦公室。她的語氣突然變得正經起來，在我背後說：「慈，我覺得，再這樣下去，妳只會更痛苦而已。」

我站在原地，點了點頭，然後走進辦公室。

八珍說的和我想的一樣。

但我眞的捨不得，捨不得四年的感情，我們一起經歷的那些快樂和困境，在他工作不順利時，我是怎麼陪他走過來的；在我生活不順心時，他是怎麼陪伴在我身邊的。我們有過太多美好的回憶，也許吵架的時候總是會脫口說「不然分手好了」，但我從來沒有當眞。

我眞的捨不得哲諺。

只是，捨不得又能如何，我還是得過生活。

硬生生把那一股捨不得吞回肚子，打起精神準備工作，先是回了十三封email，再來解決百貨公司方面需要的週年慶促銷活動案，以及各直營店傳回來的業績報表需要統計和分析，還有庫存出清活動衣服的分配和清點，另外，曼安的幾個行銷活動案子我得把需要修改的環節圈出來，交給行銷部重新安排。

還有，要請生管部重新修復故障品……

「慈，妳可以休息一下嗎？妳連午餐都沒有吃，一直工作一直工作一直工作，妳是有多愛工作啦？天生勞碌命也不是像妳這樣。」八珍遞了一個三明治到我面前。

「我吃不下。」手繼續敲著鍵盤，再扶了一下漸漸滑落的眼鏡。

「吃不下也要吃啊！妳都不怕萬一變瘦會瘦到胸部嗎？」

我搖了搖頭，「從來沒有這個困擾。」

我忘了這句實話會刺激到她，她狠狠地把三明治丟到我桌上，然後坐回自己的位置。我看了她一眼，停下手邊的工作，拆開三明治咬著。她明明比我小三歲，還敢對我發這麼大的脾氣。

但她的怒氣通常一秒內就會不見，她又坐著椅子滑到我旁邊，「慈，妳都沒想過好好和妳爸談談嗎？在他清醒的時候用點親情攻勢啊！比如喝酒對身體不好啊，他喝這麼多酒妳會擔心之類的。」

「他才不會在乎我擔不擔心好嗎？」我說。

「不是啊！妳總是要讓妳爸知道他害得妳嫁不出去，還被男朋友的媽媽酸。更何況，妳爸沒有工作之後都是妳在匯錢給妳弟耶，一個月兩萬塊耶，要是我，早就把錢拿去隆乳了。妳沒有功勞也有苦勞，好好和他談一下不行嗎？」

八珍說的這些我從來沒想過。

搬出來之後，每次回去都是吵架收場，不然就是在收拾他爛醉的場面，「談」這件事不在我的能力範圍內，算了吧！別說談，連好好對話三句都很困難，更何況坐下來好好談。

那是夢裡才會發生的事。

吃完三明治，我繼續埋頭工作。六點時，八珍開心地對我說她要下班了，她和男友約好去吃晚餐看電影。她叫我好好工作，因為失戀的女人都是透過工作來療傷的。另外她還幫我把晚餐微波加熱，她說當朋友能做的她都做了。

「感恩妳的大德喔。」我說。

「不客氣，我要跟親愛的去吃晚餐，不能陪妳加班，我很內疚。」她一臉眞摯。

我則在心裡重複了一遍髒話，「最好妳知道內疚兩個字怎麼寫。」

她沒有理我，以少女般的步伐跳躍著離開辦公室。認識八珍這幾年，她換過八個男朋友，這個是第九個。她說人生是靠戀愛來上色的，在認識她之前，她的人生有多繽紛，我完全不敢想像。

她說過，她不戀愛就會死。

我一向尊重她活著的理由，只要她快樂就好。

七點，行銷部的美珍把重新改過的行銷計畫拿給我看，我覺得ＯＫ，她很開心地下班了。

八點，北區督導把這個月盤點的數量表交給我，我也要她早點下班回家陪小孩了。

九點，辦公室只剩下我一個人，我把音樂聲開到最大，繼續把自己丟進工作裡。工作時，最棒的就是我可以不用去想哲諺、不用去想父親，什麼都不用去想。

一直到十一點半，我看著乾淨的桌面，感謝自己的努力，我把這幾天累積的工作全部消化了。

打完卡，我離開公司。大樓警衛看著我說：「何小姐，要下班啦！」不管我多晚走，甚至一整個晚上沒離開，他們也已經習慣了。有時候，他們要去買消夜還會打電話上來問我需不需要。

我點了點頭，向他們道再見。

剛走出大樓時，手機響了，是小禎姊來電。接電話之前，我心裡已經浮現父親又喝醉的樣子，無力感又從頭竄到腳底，好累。

我嘆了口氣說：「小禎姊，我爸又去鬧了嗎？」

「妳怎麼現在才接電話？我打了好幾通。」小禎姊擔心地說。

應該是我剛剛把音樂開得太大聲，沒有聽到手機鈴聲。「我剛剛在忙沒有注意，我爸還在醫院嗎？我現在馬上過去。」

「不用過來，我們主任送妳爸回去了。」

我在電話這頭愣了五秒，是昨天冷冷教訓我的主任嗎？是今天中午在咖啡店和我對看的那個主任嗎？

「剛才妳爸喝醉又跑來，自己又去躺在那個位置睡覺，我們想說他在睡就算了，沒想到，睡了半個小時他就自己坐起來，一直在那裡哭，是我們主任過去處理的，後來我們主任就送妳爸回去了。」小禎姊說著發生的事。

我完全愣住。

「其實我超怕我們主任一氣之下把妳爸送去警局。可是他居然向我們問了住址，我們就把病歷上的住址抄給他了。差不多十分鐘前離開的。」

我還是沒辦法從驚嚇中回神。

「偌慈，妳聽到了嗎？」我的沉默讓小禎姊以爲斷線了。

我回過神，「有，小禎姊，謝謝妳，我馬上回去看看。」

花了幾分鐘攔到計程車，往家裡的方向前進。一路上我都在想，我是不是聽錯小禎姊的話了。

到了家門外，我拿出另一串鑰匙準備開門，卻發現門並沒有完全闔上。我推開門走了進去，正好看到那位急診室主任從父親房間走出來。我們的眼神對上，卻是誰都沒有先說話。

直到一分鐘後我才打破了尷尬的沉默，「眞的很抱歉，我爸今天又跑去醫院鬧，我眞的……」

「妳沒有想過讓妳爸接受心理治療嗎？」他突然出聲，臉上的表情沒有昨天那麼冷，說話的語氣溫度差不多有二十度。

我卻不知道怎麼反應。

「我向醫院護士問過妳父親的狀況，很明顯他是因爲妳母親離世才陷入消極的生活，甚至用酒精來麻痺自己。很多現代人都有這樣的傾向，我想妳可能要帶他去看看心理醫生。」他很有耐心地對我解釋父親的狀況。

「他連和我說話都嫌煩，怎麼可能讓我帶他去看心理醫生？」也許因爲他明白我家裡的狀況，所以我也很直接說明。

他看著我，和今天中午坐在咖啡店時一樣的眼神，憐憫？同情？我解讀不出來，只好低下頭迴避了他的注視。

「有些事，不試著做的話，永遠不會知道的。」聽了他的話，我再度抬頭看他。

他十分認眞地看著我，想知道他說的我是不是聽進去了。

我對他點了點頭。

接著他從口袋裡拿出車鑰匙，對我說：「那我先走了。」

「眞的很謝謝你。」我發自內心地感謝他。

送他到門口時，他突然間又轉過身看我，好像有話要說，卻又一直不開口，我也這樣看著他，慢慢覺得有點尷尬。

「還有什麼事嗎？」我問，因爲這氣氛實在是太奇怪了。

他搖了搖頭。

「路上小心。」我說。

接著他在打開車門時轉過頭來，表情非常誠懇地對我說了一句，「妳辛苦了。」

我聽著這句話，呆在原地。他則是坐上車發動引擎，五秒後離開。

「妳辛苦了」這句話，我是第一次聽到。

在公司工作八年來，做得再好也沒有聽誰對我說過。在家，不管付出再多，也沒有人會對我這麼說，那張看起來面無表情冷淡的臉，卻對我說出了這麼溫暖的一句話。

我站在家門口想著這句話，想到連自己哭了都沒發現。

原來，有人知道妳的辛苦，有人肯定妳的付出，是一件這麼令人感動的事，我到現在才知道。

第四章

生活是就是一種慣性循環，不斷地發生問題，再來解決問題，解決不了的，就在原地反覆發生，而可以解決的解決了之後，仍然會有新的問題出現，然後又開始繼續循環。

什麼時候，我才能有一個幸福的循環？

昨天晚上，我沒有回去我和哲諺住的地方。

那位急診室主任走了之後，我呆呆地站在大門口，想著、流淚著，一直等眼淚在臉上乾了，才發現自己在站在原地那麼久，感動了那麼久。

我走到父親房間，看見他睡得很熟，本來打算離開的，可是想起八珍對我說的那些話，我不禁停住了腳步。

「妳都沒想過和妳爸好好談談嗎？」這句話突然從我腦海裡冒出來。

我可以這麼做嗎？

光是想到兩個人要面對面看著彼此，就覺得是一件很不可思議的事了，更何況要開口，還要好好談談，這在開誰的玩笑？我搖了搖頭，不敢再繼續想下去，決定取消這個念頭再繼續往前走，另一句話又讓我停住，站在原地。

「妳都沒想過讓妳爸接受心理治療嗎？」

我知道母親的離去給父親很大的打擊，但我以爲時間會撫平這一切，畢竟母親剛走的那段時間他還是很正常地上下班，很正常地無視我。是我被趕出家裡，過了一段時間，弟弟才告訴我父親開始酗酒了。

因爲喝酒，父親連工作都給丟了。好在父親的老闆給了父親一筆錢，說是爲了感謝這幾年來他對公司的付出，父親於是用那筆錢把弟弟送到加拿大念書。父親平時在家清醒的時候會看看書，照顧母親留下來的蘭花，但只要一喝醉，就會跑去急診室哭啊、笑啊、流淚啊、崩潰啊……

久了，我習慣父親想念母親的方式，卻忘了去想，這是生病的症狀之一。

也許我眞的該帶父親去看看醫生，我們之間的關係或許能得到改善。

抱著這樣的期待感，我留在家裡，打算試著明天早上和父親談談。雖然我有預感可能講沒兩句又會被罵，但我依然想試試看。

也許，在我的潛意識中，認爲這麼做就可以不用和哲諺分手了吧。

想到這裡，我又無奈地笑了笑。

走回二樓以前我住的房間，看著和媽媽的合照還擺在桌上，媽媽的笑臉和腦海裡的記憶一模一樣，我看著她，希望她可以幫我加油。

不知道是緊張還是期待，我不停地在床上翻來翻去，幾乎沒有闔眼，一直到天漸漸亮了，我才打消繼續翻滾的念頭，放棄地起了身，走下樓到父親的房間前。開了門一看，他還在睡。

我拿了錢包，走到住家附近的傳統市場，買了些簡單的菜，想要幫父親煮碗海鮮粥，記得媽媽跟我說過，「妳爸最愛早上吃海鮮粥了，而且一定要放紅蔥頭。」

可是我最討厭紅蔥頭了。

但我還是忍耐著熬了一鍋海鮮粥，並且放了一大把紅蔥頭。

早上九點，父親還是沒有醒，我只好先打電話進公司請假，雖然我已經資深到不需要準時進公司，但我依然堅持每天打卡上班，八珍說，如果有這種好機會，怎麼可能不好好睡個過癮再去公司。

八珍就是八珍。

沒想到都這時候了，這個八珍居然還沒進公司，又打算被扣薪水了嗎？

先和另一位人事部的同事說明我可能會晚點進公司，掛掉電話的同時，父親也剛好從房間走出來，一臉還在宿醉的樣子。

看到他的臉，真的很想問問他，酒就這麼好喝嗎？

發現我居然還在家裡，他驚訝地看了我一眼之後，便轉過頭去走到沙發上坐好。

「妳不去上班在這裡幹麼？」他有點不悅。

我走到廚房倒了一杯水放在他面前，腦子裡一直想著要怎麼開口和他好好談。

他不理解地看著我的動作，然後看著那杯水，過了差不多一分鐘，才把水杯拿起來喝了一口，然後咳了兩下。

我轉身走到廚房，把熬好的粥放到餐桌上，走到碗櫃旁邊拿碗邊說：「我煮了海鮮粥，先吃早餐吧！」

盛好了兩碗，我坐在一邊，等著父親進來坐在另一邊，這一坐，等了五分鐘，紅蔥頭的味道嗆得我直想打噴涕。

父親緩緩拉開椅子，坐到我對面。我知道他現在完全不能理解我在做什麼，通常我都會整理好家務，在他醒來之前就離開。他也是第一次酒醒後還看到我在家，他應該也覺得很神奇吧！

父親看了我一眼，舀了一口粥喝下，接著說：「妳匯錢給妳弟了嗎？」

我搖搖頭。

他突然把湯匙甩在桌上，「妳爲什麼還沒有匯錢？妳這個姊姊怎麼當的？讓妳弟沒有生活費可以用妳很高興嗎？」

平常我大概會回他，「對！你說的都對。」然後甩門離開，但這次我沒有，想到父親是生病的狀態，我盡量忍住，不去頂撞他。

我默默拿出手機，把弟弟傳給我的照片和對話給他看，「他叫我不先要匯，你就算不相信我，也該相信你兒子。」

「我就知道偌爲有用，這麼厲害。」他看著照片，臉上出現一點點開心的表情，接著又對我說：「就算他叫妳不要匯，妳也是要匯給他，在國外又不比在台灣，萬一有急用怎麼辦？」

我拿回手機，告訴自己不要生氣，要冷靜。

「你想過要戒酒嗎？」我直接插入重點。

一聽完，他又馬上用手狠狠拍了桌子。這輩子我看過最多的一種動作大概就是拍桌了，父親、董事長、曼安、錢麗芸，還有合作的廠商，每個人都可以在我面前拍桌，而我已經習慣到沒有特別的感覺。

拍桌又怎樣，又不是呼我巴掌。

「怎麼？現在連我喝酒妳也有意見嗎？我又沒有叫妳一定要拿錢給我，我喝酒是花我自己的錢，不行嗎？」他氣得指著我大罵。

我在心裡嘆了好大一口氣，好聲好氣地繼續說：「可以，你可以喝酒，但你可以不可以不要一喝完就跑去醫院鬧？你知道我每次接到小禎姊電話的心情嗎？」我試著好好說，卻越說越哽咽。

「妳可以不要管我啊，我不是從以前就說過，妳可以不用回來打掃，不用管我，只要照顧好妳弟弟就好。妳自己愛在那裡管，又一臉委屈地叫我不要喝酒？我沒那個好福氣讓女兒照顧，妳顧好妳自己就好了，走，馬上走。」他氣得伸手指著我，要我馬上離開。

父親的話讓我覺得自己根本不應該留下來，不應該期望能「好好談」的，那對我和父親來說都太過強求了。抱著那種期待的我，難道不是太傻了嗎？

我看著生氣發火的父親，心裡感慨萬千，緩緩地對他說：「能不能有一次，你可以好好跟我說話？能不能有一次，你可以明白這只是身為一個女兒的關心？」

不想再聽到更多無情的話語，我起身離開廚房，嗆鼻的紅蔥頭味道消失了，走到客廳拿起包包，我沒有回頭，走出家門。

走出大門的那一刻，我沒有哭，而是無奈地笑了。

因爲哭不出來，我就只能笑了。

我不知道自己怎麼回到家的，可能是搭捷運、可能是走路，也可能是坐計程車。我只知道，當我回過神，我已經在浴室裡沖澡。我忘了開熱水，所以冷水淋上身體時，冰得我慘叫了一聲「shit」。

因爲還得趕去公司上班，我用最快的速度洗好澡，圍上浴巾，拿毛巾擦著頭髮走出浴室，準備換衣服上班。走出浴室時，正好看見回家拿東西的哲諺。

他拿著行李袋在收拾衣服。他不知道我在家，看到我從浴室裡出來，當場愣了一下。我沒想到他會回來，我看著他，也站在原地發呆。

不知道過了多久，他才緩緩地說：「還不快去穿上衣服、吹乾頭髮？妳忘了自己會偏頭痛嗎？」他才離開兩天，我卻覺得好像很久沒有聽到他的聲音。兩天前，幾乎每天都能聽到他這些關心的話語，現在竟讓我懷念得想哭。

哲諺見我沒有動作，便放下他手中的衣服，抓了小毯子披在我肩上，再從抽屜裡拿出吹風機開始幫我吹頭髮。

我一邊流眼淚，他一邊吹頭髮，吹風機轟隆隆的，我們一句話也沒有交談，直到頭髮乾了，吹風機的聲音停下，整個屋子都好安靜。除非流眼淚有聲音，不然屋子裡什麼聲音都沒有。

「快去穿衣服。」他站起身，走回衣櫃前，繼續收他的東西。

「你不回來了嗎？」我的眼淚怎麼也停不下來。

「如果妳願意脫離那個家，我就會回來。」他沒抬頭，依然收著他的東西，像在對空氣回答似的。

「眞的一定要選嗎？不選不行嗎？如果我也要求你在我和你媽之間選一個呢？」

他終於停下動作，抬起頭看我，一臉「妳在說笑嗎」的表情。「我媽和妳爸怎麼會一樣？這是不同的事，妳怎麼可以混爲一談，我到底要講多少次妳才會明白，我眞的無法再忍受妳爸的狀況了，妳懂嗎？」

我懂，我也很難忍受，但就是很難坐視不管。

「難道妳不能爲了我，放棄那個根本不愛妳的爸爸嗎？在妳的心中，我比不上他嗎？如果妳眞的愛我，就應該爲我著想不是嗎？」哲諺的話一字一句打在我心裡，很痛。

如果你愛我，爲什麼不能諒解我呢？我也想這麼對他說，卻沒有力氣再說出口，因爲太累。

「不要哭了，我不喜歡看妳哭，我給妳七天的時間，妳決定好再告訴我。要不要繼續在一起，不是我來決定，是妳。」這是他對我說的最後一句話。

然後他拿了衣服離開，而我只能無力地蹲在地上，無奈地哭著。

我遇到人生最大的選擇題，怎麼選都不會有滿意的答案，怎麼選分數都不會及格，怎麼選我都無法放棄我的家庭，即使它再怎麼令我心力交瘁，我依然無法割捨。

八珍常說，如果是她，她會馬上斷絕父女關係。用嘴巴說說我也可以，實際上卻很難做到。

失神地隨便套了件上衣，再穿件牛仔褲，踩了雙鞋就出門，完全沒有想到好好搭配。直到上了捷運，才發現衣服穿反了，牛仔褲有污漬，左右腳還穿了不同顏色的鞋，慶幸的是它們高度一樣。

我也沒有力氣再去回家去換，反正公司還有備用的鞋子可以穿。

經過公司附近的星巴克，我走進去買了杯拿鐵，當作一天的開始。雖然已經中午十二點半，但對於要工作到晚上的我，這的確還是早餐。

「來賓何小姐，您的咖啡好囉！」服務員在櫃檯的另一邊喊著我的名字，我走了過去，接過咖啡，向她說聲謝謝。

一轉頭，差點和後面的人撞上。我趕緊道歉，「不好意思。眞的很抱歉。」

「沒關係。」對方說。

我一抬頭，視線和眼前的人對上，發現是那位急診室主任，對於又在這裡和他遇上，我心裡只浮現三個字，也太巧。

我們兩個對看著，我不知道該說什麼，但又好像得說些什麼才能離開的感覺。我不自然地微笑，「好巧喔！」昨天這麼巧，今天也這麼巧。

「嗯，來買咖啡。」他說。

我點了點頭，然後就陷入一種很奇怪的氣氛裡，我只好隨便找了個話題，「對了，見過那麼多次面，還不知道你的名字。」

「姚子默。」他說。

「你好，我是何偌慈。」我說。

他點點頭說：「我知道。」

接著，我們兩個又陷入不知道該說什麼的困境裡，對看了五秒，他瞥見我腳上的鞋子，滿臉的疑惑。

我尷尬得腳不知道該往哪裡放，只好趕緊說：「姚醫師，昨天眞的很謝謝你送我父親回家，我先回公司了。」

於是我快速離開星巴克，快速地走進公司，快速到希望沒有人再注意到我的鞋子。

一到公司，我把包包和咖啡放下，然後踢掉腳上的鞋子，再從放在桌下的高跟鞋盒裡隨便拿一雙出來換上。整個完成後，我才有重生的感覺。穿錯鞋這種事，活到現在我眞的是第一次發生。

又想到姚子默疑惑的表情，我只好安慰自己，凡事都有第一次。

整頓好自己，轉頭一看，八珍沒有在位置上。現在是午休時間，我猜想她應該是去吃午餐。喝了口咖啡，接著打開電腦主機，埋頭開始工作，一直到人事部的翠玲來叫我，我才從工作中抽離。

「怎麼了？」我問。

「偌慈姊，八珍有沒有和妳聯絡？」

我搖了搖頭，「沒有啊，聯絡什麼？」

翠玲很擔心，「八珍從早上就沒有來上班，撥了她的手機幾次，一開始是沒有人接，後來就直接轉語音信箱，這樣是不是要算無故曠職？」

蔡八珍那麼想存錢豐胸，如果被記曠職，我猜她一定會崩潰，「沒關係，我來處理，今天先以病假計。」

翠玲點了點頭之後離開，我看到電腦螢幕右下角顯示下午兩點三十四分，難怪今天這麼安靜，平常看到我來，八珍第一句就會說：妳覺得我要隆到多大。今天卻沒聽見她的聲音，難怪我總覺得哪裡不太對勁。

我拿出手機，試著撥她的電話，結果直接轉進語音信箱。這個蔡八珍，最好不要是跟男朋友玩到忘了來上班，我一定把病假改成曠職。

桌上的分機突然響了，我接起來。

「偌慈，進來一下。」錢麗芸對我說。

「好。」

掛掉電話後，我走進她的辦公室。她今天比昨天更憔悴，眼睛底下的黑眼圈又更明顯，身上也沒有她專屬的香水味。不知道爲什麼，我覺得她今天看起來似乎很需要別人的幫助。

我知道公司底下的人都說錢麗芸、丁曼安和我是臭臉三人組，錢麗芸是教訓人不眨眼，業務部的同事每個都被她罵哭過，當然我也不例外。而丁曼安永遠像走在台北一〇一逛精品店那樣高姿態，她只和組長級以上的員工交談。我則是不笑就被人家說感覺很凶，加上工作上的嚴格要求，讓大家覺得我難搞又機車。

重點是，大家都覺得我們三個人很強，生活上很強、工作上很強、戀愛也很強。

但事實是，再強的人都有弱點。我想，錢麗芸的弱點就是這一段好幾年的地下情，她這幾天的狀況，大概和感情脫不了關係。

回頭一想，我自己的感情都處理得亂七八糟了，怎麼還有心情去想別人的事。套一句八珍的話，「妳就是吃飽了撐著。」

我停下紊亂的思緒，開口詢問：「經理，有什麼事嗎？」

她抬起頭看我，我看著她蒼白的臉，在她開口前，我忍不住又先出聲，「經理，妳是不是哪裡不舒服？」

她面向我，好像有話要對我說，可是欲言又止的。一會兒之後，她放棄地搖了搖頭說：「沒事。」

「如果不舒服，需要我陪妳去看醫生嗎？」我說。

她無力地笑著，「不用了，我回去休息一下就好了。」

是嗎？我在心裡這樣想著，當然沒有說出口。

她遞了一份檔案給我，「明天本來我要去和周經理談明年度櫃點的續約，但我明天可能不會進公司，就讓妳去談吧。重點只有一個，就是把目前抽成的百分比降低，他們的抽成比率太高了。」

我接過檔案，「好，那還有其他的事嗎？」

「沒有，妳出去忙吧！」

我才轉身，錢麗芸就突然出聲，用著虛弱又有點顫抖的聲音說：「丁曼安應該很希望我去死吧！」

我驚訝地回過頭看著她。

多年來，這是我第一次在面對她時感到驚慌失措。大家都心知肚明的事，在私底下也許可以講得很自然，但搬到檯面上這麼公開、這麼直接地談論，又是另外一回事了。

她怎麼可能不知道丁曼安有多恨她？還需要問我嗎？

我們兩人對視，誰都沒有開口，我無法給她答案，我也不需要給她答案——一個我們都知道的答案。我不知道她遇到了什麼事，站在某個立場，我甚至是同情她的，但對一個驕傲的女人來說，被同情是非常殘忍的事，我正在我心裡默默傷害了她。

我收回視線，「經理，我先去忙了。」接著打開門，離開那個令人窒息的空間，離開臉上全無血色的錢麗芸。

才回到位置上沒多久，錢麗芸就離開公司了。我看著她的背影，又在心裡傷害了她一次，她的樣子，讓我覺得很可憐。

那麼自信又幹練的錢麗芸，被愛情挫掉了銳氣。

繼續工作了一會兒，桌上的分機又響了。接起電話，居然聽見曼安的聲音。

「偌慈，妳進來一下。」她說。

我記得她說要出國去散散心的，怎麼現在會在公司裡？還有，今天到底是怎麼了？每個人都在叫我。

我無力地站起身，看著電腦螢幕裡只打到一半的合約書，平常半小時就可以完成的，我今天居然花了一個多小時只完成了三分之二。

我走進曼安的辦公室，看到她一臉心花怒放的樣子，直接聯想到錢麗芸，她們兩個之間不會發生什麼事了吧！

「妳不是說要去散心？我以爲妳不在台灣。」我說。

她從椅子上站起來，開心地轉了一圈，名牌短裙繞出一圈美麗的弧線，臉上的表情像在拍廣告一樣。我只能說這個動作我這輩子都做不出來，如果我用這樣的表情轉身繞一圈，八珍絕對會立刻拿一包鹽往我頭上倒，再請師公幫我驅邪。

有些事，是有錢人才適合做的。

這個事實並不會讓我感到悲哀，出身背景是我們自己沒有辦法選擇的，我又不能在投胎時向上帝說：「請讓我當郭台銘的女兒。」我不迷戀有錢人的生活，尤其年紀越來越大，遇見的人越來越多，有錢人的悲哀我早已經看多了。

我想，自給自足才是最大的幸福。

「本來要去啊，我都買好機票了。結果我媽硬是不讓我出去，還幫我排了幾場相親，相到我都要翻臉了。不過後來遇到一個不錯的對象，非常合我意，我打算嫁給他了。」她和八珍一樣，每交往一個男朋友都說想嫁給人家。

我已經習慣到不能習慣了。

「妳回來了正好，那工作交還給妳，我都快忙不過來了。」無視她的相親心得，因爲她的愛永遠來得快也去得快。

她馬上勾住我的手，「偌慈，幹麼這樣啦！多幫我幾天，我打算去學做菜，他說他喜歡小吃，妳看我報名了料理保證班。」從包包裡拿出上課證和報名收據秀給我看。

我看到收據上的數字，一堂課要四千塊，曼安居然一次報了十堂課。花四萬塊去學做菜，這要每天柴米油鹽的主婦媽媽們情何以堪？

這就是爲什麼我無法走進曼安的世界，我們的生活背景和價值觀落差太大了。

我忍不住搖搖頭，對她說：「希望妳持之以恆。」

「我一定會，所以這幾天還是先麻煩妳啦！」她嬌俏地笑著對我說。

我只好點頭答應。

「嗯？」

「其實還有一件更讓人開心的事。」她整個人的臉都發亮了。

「妳知道嗎？我爸好像交新女朋友了耶。」她笑到嘴都要裂到耳朵了。

我驚訝地問：「妳怎麼知道？」

她滿臉得意，「我怎麼可能不知道！我是誰？我丁曼安耶，這個世界上不會有我想知道而不知道的事。我知道我爸個性吃軟不吃硬，即使他再怎麼對不起我媽，在他面前我還是裝作乖女兒，他的司機是我找的，他的助理也是我的人，我爸一個月帶錢麗芸上飯店幾次，去哪裡、吃什麼，我每天都會收到完整的報告書，妳說我會不會知道？」

看著曼安的樣子，我突然覺得我一點都不懂她。

她又興奮地接著說：「司機跟我說，我爸已經很多天沒有找錢麗芸了，最近接的都是另外一個女人。我請助理查，是個公關小姐，還小我一歲，我爸眞夠強的。反正是誰都無所謂，只要不是錢麗芸就好。」

「爲什麼？」一樣是外遇，爲什麼妳可以接受公關小姐，卻不能接受錢麗芸？

「偌慈，妳眞的傻傻的耶，男人外遇最怕什麼？怕動了眞情。錢麗芸和我老爸一起打江山，他們有革命情感，這很難用錢解決。可是那公關小姐跟著我爸是爲了什麼？妳以爲是因爲我爸有多帥嗎？當然是爲了錢啊，這世界上能用錢解決的事都不是問題。」

曼安很有條理地分析，我越聽卻越同情錢麗芸。

「我爸應該是對錢麗芸膩了。」

所以她最近才這麼憔悴嗎？這十幾年的青春就這樣虛擲了，和一個已婚的人戀愛，陪他四處闖盪打江山，公司才有現在這樣的規模。錢麗芸付出了這麼多，但如今她得到什麼？

時間很公平，愛卻從不公平，永遠都不是你付出多少就會得到多少的。

我突然覺得很難過，很想哭，為錢麗芸哭。

「偌慈，妳怎麼了？臉色怎麼這樣，妳不覺得很開心嗎？破壞別人家庭的狐狸精得到教訓，這不是最完美的結局嗎？我看她在公司應該也快待不下去了，我在想，看她是要自己辭職，還是我直接叫她滾。」曼安以勝利者的姿態審判錢麗芸的去留。

我搖了搖頭，「沒什麼，還有很多事要做，我先出去忙了。」

曼安不以為意地笑著說：「好啊！接下來要辛苦妳了，以前因為我爸是她的靠山，我不敢動她，現在等錢麗芸一走，我馬上叫我爸升妳當業務經理，想到以後可以不用在公司看到狐狸精，我就開心得快要死掉了。」

我不能責備曼安的快樂，因為站在她的立場，她沒有錯，但為什麼我心裡還是湧起一陣又一陣的反感？也許人都是同情弱者的，我也不例外，一想到錢麗芸的樣子，就覺得不捨。

面對愛情，再強的女人也會脆弱。

回到座位上，我已經沒有心情再去處理任何一件公事，這幾年來，曼安和錢麗芸的戰爭從來沒有停止過，每次一吵，被夾在中間的我就只能祈禱這場戰爭快點結束，但現在好不容易要結束了，我的內心卻這麼沉重。

嘆了口氣，我好想聽八珍廢話喔！

我再次拿起手機撥了八珍的電話，依然轉到語音信箱。我忍不住留言罵這個見色忘友的女版豬八戒。掛掉電話，我坐在電腦前動也不想動，感嘆這世界為什麼要這麼複雜，我爸、我弟、哲諺、曼安、錢麗芸、八珍、工作、家庭和一堆有的沒有的。

媽、的，眞的好煩。

我二話不說，把做到一半的工作存檔，關掉電腦，拿了包包離開辦公室。好久沒在太陽下山之前下班，天色還未變暗的台北城市，我竟然不太熟悉。不打算回家，因為我不想要想起哲諺，也不知道該去哪裡，只好在公司附近這樣晃著、走著。

發現肚子餓了，就隨便找了間店，點了盤什錦炒麵和現炒青菜，也許是因為父親酗酒的關係，我更恨酒，平時我幾乎不喝酒。但今天不知道為什麼，突然很想喝酒，於是從冰箱拿了瓶台灣啤酒。

什錦炒麵出乎意料地好吃，青菜也清脆鮮甜令人驚豔。果然，好吃的食物會讓人感到幸福。但再喝了一口酒，臉上的五官忍不住皺了一下，這麼苦的東西，為什麼大家都喜歡喝？

像隔壁桌的大學生，一夥人聊天玩樂，啤酒就這樣一杯接著一杯，像在喝可樂一樣。後面那一桌的大叔們，邊抽菸邊罵髒話，再配上啤酒，也聊得很開心。左前方那一桌的那個人自己一個人也吃得很開心，但他的桌上沒有酒。

我和剛好抬起頭的那個人對看了一眼，拿著酒杯愣住。他也看著我，沒有半點反應。五秒後，就看見他起身，端著他自己的食物走到我這裡來，坐在我的對面。

他對我說的第一句話是，「妳換鞋子了？」

今天因爲和哲諺鬧得不愉快，出門時我失神到不小心穿錯鞋子，後來還被他看到，我一想到，就覺得很尷尬也很丟臉。

我不好意思地點了點頭。

然後他繼續吃他的東西，我也繼續吃我的東西，沒有交談。那他爲何不在他自己的位置上吃就好，這種氣氛吃得我胃痛。

「不會喝酒爲什麼想喝？」他突然停下筷子，抬起頭來問。

如果不知道他這個人原本就比較嚴肅，光看他的臉，會覺得他好像在和我吵架一樣。

我疑惑地看著他，「你怎麼知道我不會喝酒？」

他指了指酒杯和酒瓶，「只喝了一口不是嗎？」好一個觀察力敏銳。

我也指了指他的眼鏡，「爲什麼要戴沒有度數的眼鏡？」我的觀察力也不輸他。

他無奈地聳聳肩，「因爲我看起來很凶，不戴眼鏡，小朋友會被我嚇哭。」

我看著他的動作和表情，忍不住笑出來，「你和我有一樣的煩惱。」

「不過妳笑起來比我好看，我笑起來是這個樣子。」他拿下眼鏡，然後微笑著給我看。我只能說，八珍如果看到他笑，肯定會問他肉毒桿菌哪裡打的，打得這麼失敗，臉都僵了。

「你還是不要笑好了，眼鏡記得戴上去。」我很誠實地說。

他撇了撇嘴又聳聳肩，無奈地戴上眼鏡。沒想到可以在這麼輕鬆的氣氛下和他聊天。畢竟前兩次見到他時，總覺得他很難親近。

我繼續吃著麵，他接著又問我，「妳還沒說妳爲什麼要喝酒。」

我抬起頭看著他，不知道該從哪裡開始說，最後給了他一個總結，「因爲這個世界讓我覺得很煩。」

他點了點頭，「是不輕鬆。」但他用表情告訴我，其實也沒有那麼難。

我笑了笑。

「昨天中午在咖啡店時，我不是有意聽到那些事，如果讓妳不舒服，我先向妳道歉。」他突然解釋在咖啡店聽到我和哲諺媽媽對話的事。

我搖了搖頭，「你只是剛好坐在後面。」是我自己的自尊心作祟，這樣的事被知道了，我眞的覺得很沒面子。

「妳很堅強。」他說。

我笑著回答，「是不得不堅強。」又拿起酒杯喝了一口，結果臉再一次皺在一起。

「不是每個人心情不好都適合喝酒的。」他拿下我的酒杯，走到冰箱拿了一瓶柳橙汁，幫我倒了一杯放到我面前，再幫他自己也倒了一杯。

「要乾杯嗎？」他說。

我又忍不住笑了，拿起面前的柳澄汁和他的杯子敲了一下，「乾杯。」

「很多事，不是妳想解決就可以解決的，在解決事情之前，要先解決的其實是自己。」他突然很眞摯地對我說。

我看著他，不太明白他的意思。

他看著我，也不打算繼續解釋。

接著，他看了一下手錶，突然站起身對我說：「我得趕去值班了，妳慢慢吃。」下一刻就迅速地離開了。

我拿著筷子胡亂地攪著桌上的麵，一直想著他說的那句話。解決自己？我有什麼好解決的？想了很久還是想不明白，難道叫我拿刀還是拿槍解決自己嗎？這樣事情都不用解決了。但是應該不可能吧！他是醫生耶，救人救世慈悲爲懷，應該不會那麼缺德吧！

我嘆了口氣，算了，我今天這腦袋根本不適合想事情。

吃完麵，我走到櫃台結帳，老闆卻告訴我有人先結了。我走出店外，天已經暗了，今天的夜空沒有星星，沒有月亮，也沒有八珍陪我，但還好遇上了姚子默。

還有他給我的那一句話，此刻我覺得有點孤單，卻不寂寞。

第五章

愛會結束，但回憶不會，如果因爲痛而否定了愛，陪著我的那些回憶也會跟著悲傷起來。所以我會努力地痛著，然後笑著感謝那一段愛。

也許是昨天太早回家也太早睡的關係，我在早上五點半左右醒了過來。原本想強迫自己再多睡一會，但翻來覆去還是睡不著，於是我起床自己幫自己做了份早餐。

坐在餐桌前，我看著屋子裡的每一個角落，到處都有哲諺的影子。

我們兩個人的衣櫥和鞋子、我們兩個人的廚房和浴缸、我們兩個人的客廳、我們兩個人的沙發、我們兩個人的床和書，我們兩個人的ＣＤ和音樂，還有我們兩個人的愛情。

在開始鼻酸前，我先狠狠嘆了一口氣，然後快速解決掉早餐，換好衣服，並難得地在家化好妝，接著出門上班。

早上七點半到公司，我先開機把昨天沒有打完的合約繼續完成，再拿出錢麗芸交代我去開會的相關文件，很仔細地看過一次。現在的百貨商場抽成比例越來越高，甚至很多費用都要由廠商支付，對公司來說，增加一塊錢都是負擔。

人事部的翠玲又走到我旁邊，對我說：「偌慈姊，已經九點了，八珍還是沒有來耶，而且我剛才也打手機給她，都是轉語音信箱。八珍第一次這樣，我有點擔心。」

我放下手上資料，才發現眞的已經九點多了。

「我來找她，妳先去忙。」我說。

我拿出手機，不死心地再撥一次她的手機，眞的還是轉進語音信箱，因爲八珍也是自己住在外面，住處沒有安裝室內電話，想了想，我撥電話給八珍的二姊，之前一起吃過飯，互相留過聯絡方式。

八珍的二姊接起電話，聲音好像還在睡夢中的樣子，「喂？」

「請問是八珍的二姊嗎？」

「嗯。」

「我是偌慈，八珍的同事，因爲八珍的手機都打不通，這兩天也沒有到公司，想問看看八珍是不是身體不舒服。」我說。

二姊有點不耐煩地回，「她壯得像牛一樣，怎麼可能身體不舒服？我也不知道她去哪裡了，不然妳問我大姊吧。」

接著，我抄下大姊的電話號碼，打電話給大姊之後，又拿到大哥的電話號碼，再打電話給大哥。他覺得我來問他八珍在哪裡實在很好笑，「我跟我妹很少聯絡，我怎麼可能知道她會去哪裡？不然妳打電話到我媽那裡啦！」

於是我拿到八珍老家的電話號碼。但我很猶豫，眞的要打電話回她宜蘭老家嗎？她沒事跑回宜蘭幹麼？我站在樓梯間，看著那組號碼，發呆了十分鐘。

就當作打個電話和她媽媽聊天好了，不然我現在也不知道該怎麼辦。於是撥了電話出去，響了很久，會不會是老人家動作比較慢？但好像也太久了，還是掛掉好了……

「喂，我媽不在啦！」蔡八珍的聲音突然傳了出來，而且很凶。

她大聲，我也沒有在怕她，「蔡八珍，妳不來上班在幹麼？」我也對她吼著。

電話那頭沉默了很久，在她打算掛掉電話的前一秒，我先出聲，「妳敢掛電話試試看。」大概又和男友分手了，只是這一次比較嚴重，才讓她躲起來完全失聯。

接著，我就聽到她大哭，「慈！他居然跟他的女同事去開房間，還拍照片，妳知道那女的胸部有多大嗎？我爲什麼要手賤去看他的手機，妳說說看啊！他還說早就想和我分手了，妳說他爲什麼這麼賤啊？妳說那個女人爲什麼這麼不要臉啊，爲什麼要跟有女友的男人上床？妳叫他們都去死一死啦！」

「那給我電話。」我說。

很多年前，我交往的第二任男朋友在家偷吃，被我當場抓到。我沒先衝過去賞他一巴掌，而是拿起手機假裝拍照，然後逼他領十萬塊捐給世界展望會，告訴他，捐了錢，我才會刪掉照片。但事實上當時我氣到全身發抖，根本只是亂按一通。

接著，我把他放在我家的東西全寄到他公司，收件人寫上他的名字，在旁邊註明一句，「雖然你愛上別人了，我依然祝你幸福。」聽說他後來過沒多久就離職了。

以前年輕不懂事，什麼事都做得出來，現在不一樣了，我不會再去做那些可能會害到自己的事，但打電話問候一下他們全家我覺得是應該做的，這是離別的禮貌不是嗎？

八珍又繼續哭著說：「我一定要去隆乳，一定要，我和醫生約好時間了，我媽要借我錢，等我隆完，他就死定了。」

又來了！

我氣得對蔡八珍大吼，「妳敢去隆乳的話妳才死定了，我一定會跟妳絕交！妳的胸部是多小？他愛大胸部，妳就讓他去啊，這種男人要來幹麼？妳要找的是一個眞心愛妳的人，不是愛妳胸部的人，妳什麼時候才會搞清楚狀況？我很慎重告訴妳，馬上給我滾回來上班。還有，如果妳回來胸部變大，我一定讓妳回家吃自己。」

我整個失控地掛掉電話，差一點又失控地把手機甩出去，幸好我的理智告訴我：不行！它還在分期付款。氣得我猛做深呼吸。

八珍每次談戀愛就把自己搞得四不像，迎合男友的喜好。男友喜歡長頭髮，她就努力留長，覺得留得太慢就去買頂假髮戴，結果頭皮發炎。男友喜歡短髮，不管她再怎麼喜歡自己的長髮，二話不說就去剪掉。男友喜歡女生穿格子裙，就會看到她每天穿著不同花色的格子裙。男友喜歡什麼，她就努力變成男友喜歡的樣子。

她真的很愚蠢，但能被她愛上的男人很幸福。

而哲諺遇到像我這樣只想做自己的女人，應該很辛苦吧！

我努力地平復情緒之後，走回辦公室，才發現和百貨公司周經理約的時間已經快到了。我連忙把資料塞回資料夾裡，帶著包包，攔了輛計程車，往百貨公司的方向前進。

時間剛好趕上。

但很可惜，和周經理的談話並不順利，百貨公司和廠商是以合作關係創造彼此互利的雙贏，一起在零售業裡生存。若一方只想著佔另一方便宜，在面對消費者之前，其實就都輸了。

「再麻煩周經理考慮看看，如果有需要我再過來，請隨時和我聯絡。」我公式化地提高嘴角，客套地說著。

他用著比我更制式化的表情，「何小姐，現在新進來的櫃位抽成比例都提高了，因爲我們合作了這麼久，我也都跟公司說過，一起走來的舊廠商怎麼可以再提高抽成？所以，妳現在來要求我降低，是眞的太說不過去了啦！」

我聽你在放屁！

「就是大家一路走來合作那麼久了，所以才要請周經理幫忙啊！北中南我們都合作得這麼愉快，現在經濟不景氣，這幾月業績大家也都看到了。這種時期，大家就互相幫個忙吧！」場面話我也不會少說。

他笑得有點不耐煩，我的忍耐也差不多到了極限，於是我們互相道了再見，各自轉身。商場的法則就是：即使敵人不在眼前，也不能掉以輕心。我努力維持著嘴角上揚，以免其他人看到我不爽的臉，做出過度的猜想。

商場，就是這麼八卦。

我走到公司的櫃點，專櫃小姐佩佩正專心地幫客人介紹衣服，模特兒上的衣服配得非常好看，衣服疊得非常整齊，環境也整理得很乾淨，我幫她把客人試穿過的衣服放回衣架上。

「何主任，今天自己站櫃點嗎？」

我轉過頭，站在我旁邊的，是隔壁櫃另一間服飾公司的總經理吳先生，他正笑著向我打招呼。同是服裝公司，很容易在各種場合碰到面，久了大家也都認識。

「吳總，今天怎麼有時間來巡點？」我也微笑回應。

他無奈地說：「啊！一言難盡啦！有空嗎？要不要一起喝個茶？」

即使我有多想回去繼續處理那些工作，但依然我點了點頭，因爲工作也需要社交。

我們走到六樓的茶餐廳，吳總要了一壺金萱烏龍茶。

「金萱烏龍不介意吧！年紀大了，戒酒改喝茶。」吳總笑了笑，臉上的表情十分和藹可親。每次遇到他，他都是這個笑臉，問他環境不景氣生意差怎麼辦？他依然笑笑地說：也要做啊！

標準的台灣中小企業老闆，認分又肯吃苦。

我點了點頭，「我都可以。」

「這裡也沒有別人，我就直接叫妳偌慈了，妳和我女兒差不多年紀，妳出來工作的時候，我女兒在念書，妳都工作那麼久了，她也還在念書。我常常跟我女兒說，妳知不知道，我認識的一個女孩子，人家沒有像妳這樣一直念書，工作還是做得很好。她就回嘴，說這個社會除了學歷還是學歷，我講不過她啦！」吳總是一位很好的長輩，常對我說很多鼓勵的話。

「可以念書很好啊！」我說。

「她很好，我不好啊！她念了那麼多書，結果回家說她要去法國工作，不打算接我的公司。我年紀也大了，我想退休啊！可是公司那麼多人，要是我把公司結束，員工怎麼辦？靠他們薪水過日子的家庭要怎麼辦？我可以這樣說關掉公司就眞的關掉公司嗎？不能那麼自私嘛！」吳總喝了口茶，嘆了口氣。

我明白他的無奈，更了解他對公司員工的心意。

「我從以前就和妳說過，考慮換跑道的話可以過來，可是妳一直都沒來找我，在你們公司一待就待這麼久。如果是在我們公司多好。」他笑了笑。

我也笑了。記得第一次見面是在布料的研討會上，吳總就坐在我旁邊，他聽不太懂的英文，我解釋給他聽，他因爲老花眼，太小的字看不到，也是我唸給他聽的。

「偌慈啊！要是有機會，吳叔眞的希望妳過來，看妳做事這麼俐落，我眞的很欣賞，如果妳可以來我們公司幫忙，我就可以放心退休去了。我女兒喔，她要去法國還是南極，我都讓她去啦！」吳總語重心長地對我說。

其實每次被夾在曼安和錢麗芸中間時，我都很想轉換跑道。不過，我要是現在離開，曼安會崩潰吧！

「吳總，假使有機會，我一定會去找你談。」我說。

他笑著搖了搖頭，明白我的「有機會」不知道會是什麼時候。

接著，我們又聊了一些服裝業面臨的問題，東聊西聊，這一聊就聊了兩個多小時，一直到吳總的助理催他回去開會，我們才解散。

吳總離開前沒忘了重複，「記得，如果想換工作，一定要考慮吳叔叔的公司啊！」

我笑著點點頭，真心感謝他對我的愛戴。

吳總離開之後，我依然坐在茶餐廳裡，其實什麼也沒做，什麼也沒想，就只是想要喘口氣，喘口人生的氣，休息一下，我才能繼續往前走。即使我知道氣喘得再大口，接下來的困難還是一件接著一件，但面對生活，我們都無可奈何。

喘夠了，喘到我發現再喘下去可能又要晚上十一、二點才能離開公司時，我起身往門外走，卻不經意看見右方有一道很熟悉的人影。我停下腳步，好看清楚坐在門旁邊那一排倒數第二桌正帶著微笑的人是不是陳哲諺。

是他。

他和坐在他對面一個髮長及肩的女生在談話，看起來頗爲開心，笑得眼睛彎彎的，同時還有點緊張，因爲他的左手正不停地磨擦他的左大腿。有時哲諺會和朋友跑去網咖玩到半夜才回家，每當我問他上哪去了，他就會不自覺做出這個舉動，瞎掰說和朋友去打球。只要被我識破，他就得睡客廳一個星期。

而那個不喜歡我的陳媽媽正坐在哲諺右手邊，和對面另一位比較年長的女士說話，笑得非常有氣質，和那天在咖啡店面對我的表情截然不同。

我如果看不出這是相親，那我何偌慈可以馬上從六樓跳下去了。

我該讚嘆哲諺的媽媽辦事如此有效率嗎？

站在原地，我思考著是要當做沒看到，之後再找哲諺講清楚，還是要走過去潑他一杯水，把桌子打翻，指著他的鼻子說：「都還沒分手你就急著相親？」

我個人是屬意後者。

但我還來不及踏出第一步，哲諺剛好抬起頭和我對看，眼神閃過驚慌。而坐在他一旁的母親也發現了我，只是冷眼看我一秒，就用手肘碰了碰哲諺的手，要他回神。於是他不再看我，繼續和對方聊天。

看起來多麼和樂的午餐時間，而我只是一個路過的人。路過的人本來很想上前去翻桌，但全身都失去了力氣。

我挫敗地離開茶餐廳，不到幾天，我的世界完全變了一個樣，變得連我自己都不知道自己在過什麼生活。

爲什麼事情這樣一直來？明明剛剛就喘了一大口氣，爲什麼現在還是覺得呼吸困難？

不知道自己怎麼走出百貨公司回到辦公室的，也不知道自己怎麼打開電腦開始工作的。我的男朋友都和別人去相親了，沒想到我居然還有心情工作，也許這都得歸功於那些交往過的男人。

第一次失戀，我請了三天假，在家裡哭得死去活來，哭到隔壁鄰居向樓下管理員投訴，我的門上被貼了「何小姐，請小聲哭泣。」

第二次失戀，我請了一天假，在家裡邊哭邊詛咒對方，扯壞兩個抱枕，摔壞三個杯子。

第三次失戀，我請了半天假，拿了錢包，把一直很想吃卻捨不得吃的昂貴美食一口氣吃遍。回到公司，我在化妝室的馬桶前吐了半小時，回到位置上繼續工作。

第四次失戀，我沒有時間難過，因爲新裝上市，有太多的活動要執行，直到過了一個星期我才意識到，啊，我眞的失戀了。

失戀就和便秘一樣，經驗多了，再難過也會習慣。

桌上的分機又響了，但我懶得接，在鈴聲停下之前，我走進曼安的辦公室，分機大部分都是她和錢麗芸在打的，廠商和客戶，甚至是其他同事都明白我有外務，找我打手機最快，而今天錢麗芸沒進公司，既然分機響了，也就只可能是曼安了。

「咦？妳怎麼知道我在找妳？」她笑得好燦爛，看著她的笑容，我好想問她：有錢人的煩惱是不是比較少？

但我沒說出來，只是問：「怎麼了？」

她走到我旁邊，開心地拉著我的手到沙發坐下，然後從手提袋裡拿出兩個保鮮盒，小心翼翼地放在桌上，再緩緩打開。就連買到CHANEL的限量包她也沒這麼小心過。

然後，我盯著桌上兩盒看起來像是食物的東西。

「這什麼？」我說。

曼安整個人一直呈現亢奮的狀態，「我今天去上第一次課了，今天教的是阿給和水煎包，看起來是不是很好吃？」

我發誓，我和阿給、水煎包認識這麼多年，第一次看到他們是長這樣的，阿給的豆皮一片一片的，冬粉散在外面無家可歸，水煎包每個都破了洞，外層黑黑的，看起來像被油泡過的墨魚麵包，吐出黑黑綠綠的墨汁。

我無法回答曼安的問題，不管是要誠實還是說謊，我都不想回答，一個是毀了曼安，另一個是毀了我的良心。

她不知道從哪裡拿出筷子放到我手上，「快！偌慈，妳吃吃看，給我一點意見，連我自己都還沒有吃過，一做好就想讓妳幫我評鑑一下，我剛才開車還超速。」

「妳自己沒有先試味道嗎？」我說。

她一臉厭惡地說：「我不喜歡阿給，更不喜歡水煎包，會發胖。」

曼安從來沒進過廚房，我該相信她做出來的食物是可以吃的嗎？

在我猶豫時，看到她滿心期盼的眼神，我實在是無法狠心地說出不吃兩個字，只好夾起散落的冬粉，沾了一口醬汁，接著放進口中……這是我人生第一次到這麼鹹的阿給，好像有人往我嘴裡倒了一匙鹽一樣，更沒有吃過這樣硬邦邦的冬粉，這阿給簡直太神奇了。

她看著我說不出話的臉，開心地在一旁繞圈圈，「一定很好吃吧！是不是好吃到說不出話來？」

我當然說不出話來，我現在只想喝水，甚至想泡在水裡。

她把保鮮盒蓋子重新蓋起來，然後把它們裝回手提袋內，笑著對我說：「妳覺得好吃，我好高興喔！這樣我就有勇氣拿去給他嚐嚐看。偌慈，祝我成功吧！嘻嘻。」

我還來不及說半句話她就衝出去了，希望她口中的那個人可以明白：食物最重要的不是味道，而是心意。

我隨後也衝了出去，灌了兩瓶礦泉水才恢復味覺。

眞是一場鬧劇。

工作永遠不能專心，每天都在處理突發事件，公事上的、曼安的、錢麗芸的，事到如今，甚至連難過也不能專心，才剛剛看到男友在和別人相親，我難道沒有耍賴難過情緒化的權利嗎？

沒有，因爲我沒有時間。

工作上的問題就這樣一直來一直來一直來，我就只能不停不停不停地處理問題，唯一可以安慰自己的是，至少我還有能力解決工作上的問題。

而感情上的，家庭上的，就像一個黑洞，我想逃離卻跳不出來，用再多的愛去填也填不滿，無解。

解決掉工作的最後一個問題時，已經晚上十點半了。

我緩緩離開公司，搭上捷運，才有時間去想我和哲諺的事，也許我們眞的是走不下去了。也才有時間去想我和父親的事，也許這輩子就這樣了。更終於有時間去想蔡八珍的事，到現在沒打半通電話給我，雖然我一直覺得她不敢去隆乳，又害怕人一失戀，再歇斯底里的事都做得出來。

歇斯底里是失戀者的權利，眞希望有一天我也能善用這個權利。

除了曼安做的食物，一整天沒有吃東西，但那算是食物嗎？看到巷口的麵攤，肉燥的香味竄到我的鼻子裡，突然有一種餓到可以馬上吃掉三碗乾麵的感覺，但我連站在那裡等買麵的力氣都沒有。

算了，回家隨便吃好了，記得冰箱好像還有一包冷凍的義大利麵。

拖著雙腳走到門口，竟看到蔡八珍蹲在我的公寓大門口前哭。我沒有太意外，畢竟這不是她第一次失戀跑到我家前面哭，加上這次，少說也發生過五次了。她的模樣看起來好無助，但現在我只想往她身上丟個十塊或五塊銅板。

「妳不是要去隆乳？」看到她這樣子，我的氣就來了。

聽到我的聲音，她馬上抬起頭來，臉上都是淚水，然後她站起身衝了過來，緊緊抱著我，好像看到十年沒見的媽媽一樣。最後再把眼淚擦到我的衣服上，包括她的鼻涕。

「妳真的很髒，髒死了。」我推開她。

她依然哭著，口齒不清地對我說：「醫生要給我打麻醉的時候我就哭出來了。我不敢啦！我怕痛。」

「白痴。」我這樣罵了她。

我把她帶上樓，讓她自生自滅。接著我就去洗澡、吹頭髮，再把要洗的衣服丟進洗衣機，把廚房洗碗槽裡的杯子洗好，裡面還有好幾天前哲諺喝咖啡用過的杯子，它應該要失寵了，我想。

再把垃圾分類打包，拿到大樓一樓的垃圾回收處丟，再回到家，蔡八珍還在哭。

「妳要哭多久？」我有點煩躁地說。

「我也不知道，我也不想哭啊！就一直哭，我有什麼辦法？」八珍一臉「我也不願意啊」的樣子回答我。

「妳可以告訴我妳在哭哪一點嗎？」

「超多點的，有一萬點。」她回我，然後又用手擦掉鼻涕。我超怕她的手去碰我的沙發或任何一樣傢俱，馬上丟了溼紙巾給她。

她隨便擦了兩下，超髒的，要不是看在她失戀的分上，我一定馬上轟她出去。

她接著說：「哭我這麼愛他，他卻跟女同事上床，哭我居然愛這種大爛人，哭我居然為了這種下三濫而想去隆胸，哭我覺得這個世界上的男人沒有一個是好東西，哭我又要重新找男朋友，妳說這樣我能不哭嗎？妳不覺得我很慘嗎？」

慘嗎？我也沒有好到哪裡去。

我嘆了一口氣，「他跟女同事上床，他在爽妳在哭，妳值得嗎？愛上這種大爛人？妳過去交的幾個也很爛啊，不是還有一個騙妳說跟他住在一起的是親妹妹，結果是另一個女朋友？」想到我就想吐，八珍抓到他們亂來的時候，我們真的以為他們亂倫。

「還有，為了那種下三濫要去隆胸，該哭的不是妳，是妳媽！妳不知道身體髮膚受之父母嗎？關於世界上沒有一個男人是好東西這件事，妳更不應該哭，因為妳還沒有遇到全世界的男人，所以話也不要說得太早。重新找男友對妳來說很難嗎？要不要來打賭，以妳的實力，我猜最快三天妳就會帶一個男人到我面前說：『慈，向妳介紹一下，這是我男友。』所以妳到底有什麼好哭的？妳告訴我！」我一口氣把這兩天對她的不滿以及讓我擔心的不爽全部發洩出來。

我和蔡八珍對看了十秒，她的眼淚停了下來，突然笑出來，「好像真的沒有什麼好哭的。」

要哭，我們總是可以幫自己找到很多理由哭，但同樣可以找到更多不哭的理由。

只是，我這樣說八珍，那我自己呢？還不是哭得死去活來？別人的事永遠都比較簡單，尤其是用嘴巴說的時候。

她坐到我旁邊來，把頭靠在我肩上，撒嬌地說：「慈，對不起，讓妳擔心了。」

我拿起遙控器，打開電視，「誰擔心妳了。」

她馬上坐好，搶過我手上的遙控器，關掉電視，「妳明明就關心我，幹麼硬說沒有，妳就說有不行嗎？妳幹麼連對我都要這麼假撐，妳明明就愛我，妳敢說沒有？」

這孩子到底哪來的信心？

我再打開電視，「如果感謝我擔心妳，就去弄吃的，我今天都沒什麼進食，快要餓死了。」

她生氣地拿抱枕丟我，「我失戀耶。」

我沒好氣地瞪了她一下，「失戀最大嗎？失戀就可以不用工作、不用吃飯、不用睡覺、不用拉屎嗎？越是失戀就越要和平常一樣，我要吃統一肉燥麵，廚房櫃子第二格裡面有。」

騙人沒有失戀過嗎？我也快失戀了好嗎？

八珍嘟著嘴，默默往廚房移動，然後我聽到瓦斯爐被打開的聲音，鍋子碰撞的聲音，拆開包裝袋的聲音。「慈！要加蛋嗎？」她在廚房裡喊著。

「當然要。」吃泡麵沒加蛋就和吃薯條沒沾番茄醬一樣，多讓人心碎。

十分鐘後，八珍端了一個大鍋出來，「妳瘋了喔！煮那麼多幹麼？」那鍋子是六人份的湯鍋，是哲諺的朋友久久一次來家裡作客時才會拿出來用的。

「妳一天沒吃，我也一天沒吃，一天三餐，我們兩個人加起來就是六餐。」她振振有詞地說。

「妳現在是要跟我說妳煮了六包嗎？」我對於她的大腦結構非常不能理解。

她很認眞地點了點頭，可是我只想巴她的頭。

我努力地吃著，即使是泡麵，我也不想浪費食物，都是要用錢買的。而八珍可能是眞的餓了，吃得狼吞虎嚥，像八年沒吃過東西那樣。

「蔡八珍，妳敢把麵掉在地毯上的話，看我怎麼折磨妳。」我說。

「我知道啦！地毯有這麼重要嗎？我是妳唯一的朋友耶，居然比不上一塊地毯。」

她一臉委屈地看著我，又瞪著我們腳下的地毯。

「它是哲諺的最愛。」也不知道我為什麼說得這麼順口。

然後八珍停下筷子，「妳和陳哲諺現在到底是怎樣了？」她問。

我後悔在吃飯時提到他，胃口都沒有了，「還能怎樣，應該就那樣吧！」

「那樣是哪樣？只有鬼才知道妳的那樣是哪樣吧！是要分手還是繼續在一起？不能說得白話一點嗎？」她說完，又用力吸了好大一口麵。

「分手。」我說。

接著，她被麵嗆到，咳了好幾下。

「妳確定嗎？四年耶，又不是四個月，更何況你們感情很好，只是偶爾會因為妳爸的事吵架，他這次眞的這麼堅持一定要妳選嗎？」

其實，已經不是選擇的問題了。

「他媽幫他安排相親，他去了。」我說，而且還看到他們聊得很開心。

八珍氣得把碗放到桌上，湯汁濺到了地毯。剛剛還說要折磨八珍的我，看到地毯上的湯汁卻一點感覺也沒有。

「啊是分手了嗎？他在急什麼？他媽媽在急什麼？這行爲和劈腿有什麼不一樣，一個是已經上了，一個是準備要上，都很賤好嗎？氣死我了，虧我還常常幫他講話，我眞的是造口業。要知道他這樣，我才不會幫他說話。」八珍猛打自己的嘴巴。

我們常常會後悔當初的決定，因爲那個當初總是帶給我們很多痛苦的以後。

但是，誰曉得以後會是怎樣？

我們努力過著現在的生活，也許想著很多以後：以後會越來越好，以後會越來越快樂，以後會越來越幸福……可是以後還沒有來，它是什麼模樣，我們都不知道。

總不能怕那個以後不好，現在就什麼都不做吧！

和八珍一起躺在床上，她很快就睡著了。我想她的失戀應該好了一半，而我的失戀正準備要來，如果知道和哲諺會走到現在這樣，那當初我還會跟他在一起嗎？答案是肯定的，因爲我從不否認他曾帶給我幸福和快樂。

心很痛，但也就這樣吧！我的愛情，終究輸給了現實。

第六章

就算我很窮，就算我沒有存款、沒有車子、沒有房子，我也不願意做愛情的乞丐。

等待愛情是一段很茫然的過程，因爲自己會不停地對自己產生疑問：爲什麼沒有人喜歡我？爲什麼沒有人愛我？我會不會就這樣一輩子單身？但等待分手更是驚心動魄，除了對自己產生疑問，也會對這段愛情產生迷惘，更會不停地猜想，不曉得對方到底要拖到什麼時候才要來提分手。

從我在茶餐廳遇到哲諺那一場荒誕的相親之後，已經過了一個星期。原本以爲他在那天至少會打個電話給我，但是他沒有。我想，他應該也忘記自己說過七天後要我給他答案。又或許是他已經找到答案，只是還沒有告訴我。於是，我每天都在給自己做心理建設。

分手的心理建設。

八珍又滑到我旁邊來，「慈，錢經理已經好幾天沒有來上班了，不知道她怎麼樣了。」

我也不知道。

最後一次看到她，就是她離去的背影，之後收到一次她的簡訊，說要休息幾天，然後就完全沒有她的消息了。以前她即使是休假，也會三不五時來電關心公司的狀況。但這次沒有，什麼消息也沒有。倒是曼安的動作頻頻，這幾天完全像個戀愛中的少女，一下難過一下開心，情緒化得不得了。剛剛又叫了幾個行銷部的人進去罵，理由是她不喜歡他們今天穿的衣服，然後不停找碴，那些同事只好向我求救。

我進去了解狀況，才知道她連續兩天沒見到她喜歡的那個人，因爲他很忙，所以她心情不好。

我只好勸她回家休息，免得明天人事部又要收到一堆離職單。她提著新買的名牌包包，再踩著五吋的高跟鞋，順便丟下一堆事情給我之後就離開了。

我這麼有犧牲小我完成大我的精神，死後不應該上天堂嗎？

「而且丁經理也很奇怪，我以爲她會很爽，結果她是爽過頭了，這幾天情緒超不穩定。早上在洗手間遇到她，她瞪我耶！我又沒對她怎樣，眞倒楣。」八珍無辜地說。

「習慣就好。」我用最中肯的說法回答她。

她嘟著一張嘴，「也是。」不到一秒鐘，她又變了一張臉，露出一臉賊賊的笑，然後把手機遞到我和電腦螢幕中間，打斷我的工作。

「幹麼啦！」明明就看到我從曼安辦公室拿了一堆檔案出來，她還在那裡湊熱鬧，是嫌我不夠忙嗎？

「妳看一下嘛！工作重要還是我重要？」她不滿地說。

這還要問嗎？「當然是工作。」工作養我全家，蔡八珍可以嗎？

「快看啦！」她硬逼我看手機螢幕上的人。我不耐煩地接了過來，就是一個男生這樣啊！有什麼好看的。

她接著說：「我前兩天和這個男生去相親，我二姊幫我介紹的，妳不覺得長得很斯文嗎？而且他是郵差耶！我小時候說過，我長大一定要嫁給穿制服的男生，他有制服耶。」

那不如乾脆和制服結婚？

她永遠都有她的理由，什麼她最愛男生的眼睛又大又圓，她最喜歡男生的手指無名指比中指稍短。其實她挑男友，只要是男的就好，因爲她會幫這個男生找到各種她喜歡上他的理由。

「蔡八珍，我從現在開始很嚴肅地跟妳說一件事。」我說。

「妳什麼時候不嚴肅了？」她回，接著拿著鏡子照著我，「妳每天都這個臉，有沒有看到？」

我瞪了她一下，不想看到鏡子裡那個天生就臭臉的自己。我對她說：「從現在開始，如果妳和男朋友交往不超過半年，就不要介紹給我認識。」

「幹麼這樣啦！就是知道我不太會看人，才叫妳幫我看啊。」她說。

我苦笑，「我又什麼時候會看人了。」

「至少比我好多了。」她說，這倒也是事實。

「慈，他喜歡安潔莉娜裘莉耶，我在想，要不要在嘴唇打個玻尿酸，這個很安全吧，不用放東西在身體裡面。」

又來了，不就是要惹我生氣嗎？

「我拜託妳可以先去整腦嗎？」我眞的是懶得理她，爲什麼每次都要迎合對方的喜好，把自己變得像別人，那就不是自己了。

我決定今天都不要和她講話。

「整腦貴嗎？」她問。

聽到她的回答，只好重新更正，我決定這個月都不要和她講話。下一秒我不小心瞄到日曆，啊，今天三十號，好，那就下個月都不要和她講話。

「幹麼這麼凶啦？我想讓自己變漂亮不好嗎？」她委屈地說。

然後我打破了自己的決定，轉過頭回答她，「如果妳是想讓自己變漂亮，我贊成，但不是因爲對方喜歡怎樣，妳就去變成那個樣子。妳蔡八珍就是蔡八珍，世界上只有一個的蔡八珍，妳要喜歡妳自己，別人才會喜歡妳。」

她眼眶紅紅地看著我，像快要哭出來似地喊了我的名字，「慈！」接著說：「那我要先變漂亮，我才會愛我自己啊！」

我整個人完全洩了氣，我怎麼會期待蔡八珍聽懂我的話？人最大的痛苦，大概就是對別人有所期待吧。我深吸一口氣，把注意力轉回到工作上，此刻突然想到，那爲什麼我要期待哲諺自己來向我提分手？

於是我傳了簡訊給他，問他晚上可不可以在家碰個面。五分鐘後，他回了「OK」。

我在六點準時結束工作，拿了包包打了卡。八珍看著我今天動作比她快，一臉的不可思議，問我，「妳怎麼下班了？要去哪裡嗎？」

我頭也不回，「回家分手。」

也許我該感謝哲諺讓我看到相親的那一幕，這樣一來，我就沒有什麼好選擇的，即使沒有我父親這個因素，我也無法接受我的男人還沒和我分手就跑去相親，有意也好無意也好，那都是事實。

回到家，我先把自己整理好，坐在沙發上等他。

八點，我先把他的衣服、內褲、襪子等衣物全部疊好，放在箱子裡。

九點，我把他的書和雜誌用另一個箱子裝起來。

十點，我把他的生活用品像是牙刷、毛巾、刮鬍刀……全塞在袋子裡。

十點半，他來了，用自己的鑰匙開門走了進來。他看著我，我也看著他，接著他看到放在門口的那幾箱東西，然後對我發火，「妳現在是怎樣？這麼快就把東西都整理出來，是有多想跟我分手？」

「快得過你去相親的速度嗎？」我冷冷地說。

他氣得踢了那些箱子一腳，「那是我媽叫我陪她去吃飯，我根本不知道要相親，難道要我轉頭就走嗎？那我媽的面子要往哪裡擺？」

鬼話，我在心裡說。

除非我看到他的開心笑容是假的，他的緊張是假的。但在一起相處那麼久了，我太了解他的個性和小動作，我要怎麼說服自己那些是假的？

「算了，我不想跟妳吵這個。」他這樣說。

「我也不想再吵了。」我說，接從我的皮包裡拿出一個信封，遞到他面前，「年初時，我們一起繳了一年的房租，現在開始只有我自己住，所以我把後面幾個月的房租退給你。」

他二話不說拍掉我手上的信封，錢從裡面掉了出來。他對我吼著，「這就是妳的選擇嗎？選那個不像樣的家，去扛那個一輩子的負擔，妳就這麼愛過那種苦日子嗎？」

我眞的有選擇權嗎？

「妳爸就眞的這麼重要？那種人到底給過妳什麼，妳居然這樣對我？這四年來我對妳不好嗎？我的付出就是狗屁嗎？」

「是，他是對我不好，但因爲有那種人，我現在才會站在這裡，我知道你不喜歡我爸，所以從來沒有強迫你一定要接受他，是你要我選擇的。那如果我說我不喜歡你媽，你會怎麼做？」

「我媽哪裡不好了，不要拿我媽和妳爸比，妳在汙辱我媽！」他氣得打翻那一包生活用品，牙刷什麼的都掉出來了。

我看著他，無奈地對他說：「那你又何嘗不是在汙辱我。」我爸再差，都不能抹滅我是他孩子的事實。

「妳爲什麼這麼自私？」我不能接受他的指控，這段愛情裡，難道他就不自私嗎？可是我已經不想吵架了，我只想平靜地分開，慢慢地傷心，我也會慢慢變好。再多的惡言和指控，只會讓這段感情結束得更狼狽。

手機鈴聲剛好響了，不是我的，是哲諺的。

他從西裝外套的口袋拿出手機，看到來電顯示，臉色閃過一絲慌張，然後按下拒接。不到三秒，手機鈴聲又響了，他再次按掉。

以前有一次他和朋友跑去夜店，留了電話給美眉，人家來電找上門的時侯我剛好在旁邊。如果我沒記錯，當場他的臉就是這樣，心虛。

那一次，他整整寫了一千次「對不起我錯了」，我才原諒他。

但這一次，已經沒有什麼原不原諒了。

「不接嗎？萬一人家生氣了怎麼辦？」我說。

他有點結巴地說：「誰？有什麼好生氣的，是大正來電，妳在想什麼？」

我在想你爲什麼這麼蠢？爲什麼編了這麼爛的理由？我難道會忙到忘記他和大正早就不聯絡了嗎？因爲大正的女朋友愛上哲諺，兩個人就此絕交，會這麼剛好在這幾天重修舊好聯絡上嗎？

爲什麼要把我當白痴？

手機鈴聲一直響著，我受不了，走過去搶過他的手機，按下按鈕，對著話筒說：「請問哪位？」

他一整個驚慌失措地衝向我，用力搶過手機，力道過大以致於我重心不穩，整個人狠狠往旁邊摔。他第一句話是，「妳爲什麼亂接我手機？」

而不是「妳有沒有摔傷」。

我不懂，他現在到底在和我吵什麼？明明心裡已經接受別人了，還來指責我對愛情的自私。難道是因爲我先做好分手的準備，他不能接受，覺得自尊心受傷？覺得沒看到我求他留下，不是他預設的結果，所以對我發火？

我吃力地站起身，手臂因爲撞到桌角而擦傷，滲出一點點的血水，但我一點都不覺得痛，只覺得累。

他看到我的傷口，整個人才恢復正常，愧疚地看著我。

「我按的是掛斷鍵。」我淡淡地說。我沒有打算做什麼，只是要他知道，我並不想再聽那些謊話。

他想開口說些什麼時，我打斷了他的話。因爲不管他要說「對不起」，還是「妳活該」，對我來說都不重要了。

「你媽要我跟你分手，因爲她不會接受我。即使我今天選的是你，我們之間仍然會有問題。更何況，我不會放棄我的家庭，眞的沒有必要一直吵下去。我知道你很累，我也很累，可以安安靜靜結束嗎？如果你心裡面還有一點點在意我，就讓我們平靜地結束，可以嗎？」我看著他，眼神裡都是請求。

他也是滿臉複雜的神色。不知道過了多久，他才緩緩地說：「我以爲妳會選我，我眞的以爲妳會選我。」

我也以爲我們會在一起一輩子。

我們的以爲太膚淺，所以我們才會這麼痛苦。而解決這些痛苦最好的方法，就是我們得要接受：那些「以爲」，只是自己心裡畫出來的小小夢想，夢醒了，我們都得繼續生活。

我坐在沙發上，看著他把東西一箱一箱搬走。一切就要結束了，我的鼻頭開始泛酸，最後他撿起地上的錢裝進信封袋裡，走到我面前，我知道他想做什麼。

「我不會拿你的錢。」我說。

「就當是對妳最後的一點點照顧也不行嗎？」他說。

不用了，「我自己會照顧自己。」我一向都是自己照顧自己的，「照顧自己」這件事我很在行。

他的手機又響了。

我們相對無言，我受不了這種狀況，「你出去時，記得把鑰匙放到桌上，門記得關好，我要去大便了。」然後我逃到廁所，把他和手機聲關在外面。我知道，再過幾分鐘，他就會徹底離開我的世界。

然後，四年的感情眞的結束了，結束得這麼乾淨。

然後，我眞的明白了現實會拖垮愛情，愛會崩塌得面目全非。

然後，我在馬桶上哭得一塌糊塗。

直到聽見我的手機響起，我才擦乾眼淚，從廁所走出來。先是看到客廳桌上那把鑰匙，我又忍不住掉了幾顆眼淚。胡亂地擦掉之後，我拿起正在充電的手機。

手機螢幕顯示是小禎姊來電。

那一瞬間，我難得起了輕生的念頭，我難得忍不住在心裡問媽媽，「我爲什麼要活著？我爲什麼要這樣活著？我到底是做錯了什麼，必須用這樣的方式活著？」

但沒有人可以給我答案。

我依舊只能接起電話，電話那頭也依舊告訴我，「偌慈，妳趕快過來，妳爸喝醉酒出車禍了！」

我呆在原地，不知道自己剛剛聽見了什麼，還是我幻聽了？

「偌慈，妳有沒有聽到？」小禎姊的聲音又把我拉回現實。我拿起外套和包包就馬上往外衝，心裡越來越恐慌，恐慌的情緒膨脹到快要把我吞掉似的。

從上計程車到醫院，我的眼淚都沒有停過，衝進急診室，小禎姊看到我馬上拉住我。「偌慈！」

我看著小禎姊，腦子一片混亂，話也說得不清不楚。小禎姊馬上把我拉到椅子上坐著，蹲在我面前看著我說：「偌慈，妳先不要緊張，聽現場的人說，妳爸在過馬路時有輛車闖紅燈，車身擦撞到妳爸，他跌了很大一跤，剛剛救護車送他過來，我看到他有一些外傷，但妳爸還能哼歌，我想應該還好，主任在檢查，妳先不要擔心。」

我點了點頭，心情緩和了一些，急診病床周圍的簾子被拉上了，我想到那時候媽媽也是這樣，送進急診室，拉上了簾子，醫生急忙走了進去，我聽到很多很多聲音，但最後醫生走了出來，對我們說「好好地和媽媽說說話」，然後媽媽就走了。

而現在，簾子後面是我的父親，即使小禎姊說應該沒事，我依然覺得急診室的冷氣太強，椅子太冷，全身忍不住抖個不停。

不知道過了多久，我看到姚子默走出來，我馬上起身走上前去，「我爸沒事吧！」

他扶了扶眼鏡，點點頭，「沒事，只是左小腿骨折比較嚴重，身上的其他擦傷都已經上藥了，不過這兩天要再留院觀察一下，看看有沒有腦震盪的狀況。」

我安心地點了點頭。

「妳臉色好蒼白，還好嗎。」他看著我，擔心地說。

我沒有回應，急著走到病床旁。拉開我父親床邊的簾子，他就躺在床上，酒味和藥味同時傳到我鼻子裡，左小腿骨折處用鋼板固定，手臂和臉上有一些擦傷，但都上了藥。看見他那樣子，我難過到快無法呼吸。

爲什麼我的父親會是這個樣子？

他緩緩睜開眼睛，我看著他，他看著我，再看看自己，臉上有些疑問。

「你出車禍了。」我向他解釋。

他沒有說什麼，伸手就拔了身上的點滴管，我驚訝地看著他，生氣地說：「你在幹麼？」

「出個小車禍，擦完藥就出院，留在這裡幹麼？」還一副準備好要下床的樣子。

「醫生說要住院兩天，觀察看看有沒有腦震盪。」我說，我生氣地說，我咬牙切齒地說。我氣到全身都在發抖，但是一直逼自己忍著，因爲他現在是病人。

「不要，我要回去。」他依然固執，然後用另外一隻沒受傷的腳下床。結果重心不穩，整個人從床上跌了下來。

我就這樣愣在原地，看他硬生生從床上跌了下來。

姚子默和小禎姊都急忙地跑了過來，趕緊把父親扶到床上，我的理智線則在這一刻斷掉，好想知道父親對我的折磨到底要到什麼時候。

「爲什麼死的是媽媽？」我像是放棄了全世界那樣，把這句話說出口。

父親抬起頭看我，姚子默也看著我，小禎姊急忙走到我旁邊，「偌慈，不要這樣說話，你爸還在醉。」

父親氣得把桌上的藥和水掃到地上，「妳這是什麼意思？」

「很累的意思。」我已經無法再承受更多，我已經到達極限，我不想被狼狽的父親折磨得更狼狽。

「我知道從小你就覺得我這個女兒可有可無，但沒關係，至少我還有媽媽，可是媽媽走了，我也不敢奢望你對我這個女兒會有多好。你要疼弟弟你就去疼，可是你爲什麼要這樣？每次就是喝酒、喝酒、喝酒，最後我就要來收拾你的爛攤子，收拾到連男朋友都跟我分手了，原因就是他不能接受我有一個酗酒的爸，這樣你高興了吧！我被甩了就能好好工作，就能好好賺錢給弟弟念書，這樣你高興了嗎？」

我越說越激動，已經不知道自己在講什麼了，我只想把心裡那些話全都發洩出來，即使我明白說了並不能改變什麼。

「對！我最高興，他那個樣子我也不滿意！我有叫妳來嗎？是妳自己來的？我難道沒有說過妳不用管我嗎？我自己的生活我自己會處理，妳不要管我啊！妳現在可以馬上連戶口都遷出去，隨便妳。」他也氣得指著我吼。

「你可以不用管我，因爲你從來不在乎我這個女兒，但我沒有辦法不管你，因爲你再不好都是我爸，我無法狠心地叫弟弟放棄他快要完成的學業，自己回來照顧這個愛喝酒的爸爸，如果有一天弟弟要結婚了，他太太要他在結婚和父親之間選一個，你會怎麼樣？你還會繼續喝酒嗎？」我哭到頭好痛，眼睛好痛，全身都好痛。

父親看著我，一句話都沒有說。

「可以公平一點嗎？即使你不想疼愛我，那也對我公平一點可以嗎？」我的指控讓父親惱羞成怒，他不顧的左腳不方便，硬是從地上撿了他的一隻鞋子，往我丟過來。

我不躲也不閃，即使他今天丟的是一把刀，我依然不會動。

我先是聽到小禎姊的驚呼聲，再來就覺得臉上熱熱的、刺刺的、痛痛的。

姚子默朝我跑過來，然後拉著我的手，把我帶到他的辦公室讓我坐下，我只聽到工具鏗鏗鏘鏘，還有心碎了一地的聲音。

我的父親朝我扔了鞋子。他氣得想要吃掉我的模樣，還有鞋子往我臉上砸過來的那一刻，我終身難忘。

「再差一公分，妳右眼可能就會瞎了。」姚子默說。

嗯，那就瞎吧！我在心裡說。

「妳眼睛下方被拖鞋的側邊劃到，已經消毒好上了藥，目前不能碰到水，所以妳最近不能再哭了。」他繼續說。

我低著頭，覺得自己很悲哀，原來我連哭的權利都失去了。

他坐回醫生的座椅上，然後把坐在旋轉椅上的我轉過去面向他。我們面對面，眼睛定定地看著對方。

「妳知道嗎？我一直覺得妳和我很像。」他這樣說。

如果是指長相嚴肅的程度，那眞的是很像。

「不認輸又想要挑戰的個性，眞的很像。」他繼續說。

我謝謝他的稱讚。

「不要再挑戰妳父親了。」他帶著一種充滿著無奈又憐惜的眼神，就像每次我和陳哲諺吵架時，八珍看著我想要安慰我那樣。

我低下頭，沒有說話。

「也許我們都會覺得父母親本來就有義務養育小孩長大，本來就應該疼愛自己的小孩。但我們是人，因爲是人，所以有很多可能。或許妳自己覺得妳可以接受父親不疼愛妳，但妳還是在期待，有一天，或許有那麼一天他會改變。那如果他永遠都不會改變呢？因爲期待，所以妳給自己很大的壓力。」

「我沒有期待。」我反駁，我從來就不期待他會突然給我父愛。

「偌慈，妳期待的，妳一直都期待的。所以即使妳爸不把妳當女兒，妳也還是想照顧他。那是爲什麼？因爲他是妳父親，妳對他付出了愛，又怎麼會不期待他愛妳？」從沒想過他會叫出我的名字，這聲音是那麼溫柔、那麼好聽。

我的眼眶又不知不覺堆滿了淚水，他說得沒有錯，我在自欺欺人。

「我也曾經挑戰我的母親。對她來說，朋友比較重要，她寧可和朋友打牌，也不願意參加我的畢業典禮。既然因爲母子的關係讓我們對立，後來我便不再把她當成母親，而當她是朋友。因爲是朋友，所以不會計較她在我人生重要時刻出席的次數。因爲是朋友，反而久別重逢時能聊的話更多了。」他看著我，很眞誠地說。

「我們都以爲怎麼樣的關係就應該怎麼樣相處，可是不是這樣的，每個人有各自的想法和生活方式，爲什麼父母親就該像電視連續劇裡演的那樣疼愛子女，爲子女設想？有些人就是比較愛自己，但他們也沒有錯啊！愛自己有什麼錯？廣告不都說女人就要愛自己，那父母就不能愛自己了嗎？」

他把衛生紙捲成條狀，放到我眼底和傷口中間，「現在妳可以哭了，我會幫妳換衛生紙。」

他用這麼嚴肅的臉做這樣的動作、講這樣的話，我怎麼哭得出來？我忍不住苦笑了一下。

看到我笑，他也笑了，雖然他的臉依然很僵，但我謝謝他的笑容。

「不當父女，也可以用另外的形式相處，好好想想要怎麼和妳爸爸建立新的模式吧！不要急，不要再去挑戰，尤其不要再讓自己受傷。」他指了指我的傷口。

我點了點頭，「謝謝。」眞的謝謝他。我這迷茫的人生，好像又看到了一點光線。

辦公室的門「叩、叩、叩」地響起。

小禎姊打開門，對著姚子默說：「主任，有腦中風的急診患者，吳醫師正在處理，你要過去看看嗎？在一〇五床。」

姚子默像風一般跑了出去。

小禎姊走到我旁邊，摸著我的臉，猛搖頭，「妳爸眞的是……妳是女孩子耶，怎麼可以拿拖鞋丟妳？白白淨淨的一張臉就這樣被劃傷了。」

「沒關係。」我已經沒有什麼好在乎的了。

「妳還好吧！看妳這樣子眞的很讓人擔心，主任對妳說了什麼嗎？我看他拉妳進來時表情很難看，是不是又教訓妳，還是罵妳頂撞妳爸？」她問。

我搖了搖頭，忍不住讚嘆姚子默竟然能把眞正的自己隱藏得這麼好。不像我，當初八珍才到公司三天，就識破我是隻紙老虎。我想，如果我告訴小禎姊其實姚子默人很好，她應該會先幫我打個退燒針吧！

「沒事就好，妳爸轉到普通病房了，在三樓的三〇八，我看他把妳弄傷，自己也不怎麼好過，現在好像還沒睡。我們會照顧他，妳要不要回去休息？妳的樣子好像隨時都要昏過去似的。」小禎姊幫我把身上的外套拉緊扣上。父親來醫院鬧，她總是幫我特別多。

「不用了，我上去看看他。」我說。

小禎姊看著我，一臉擔心的樣子，「妳確定？不會再吵架？那是六個人共用的病房，裡面還有一個八十歲的老先生，可是禁不起剛剛那種場面的。」

「我確定。」因爲姚子默對我說的話我聽進去了。

小禎姊嘆了口氣後，便說：「那妳上去吧！已經很晚了，大家都在睡了。」

我點點頭，然後搭電梯上三樓。兩個值班的醫護人員看到我，走過來帶我到三〇八病房前，告訴我父親在右手邊的最後一床。我猜是小禎姊打電話上來交代過了。

我走進去，緩緩走到最裡頭，拉開隔間用的簾子。父親還沒有睡，因爲室內太暗了，我看不清楚他臉上的表情，只有窗外透進來的一點點光照在他臉上，我隱約看見他也正看著我。

我無法對他說出任何一句話，因爲我還沒準備好要以什麼心態面對他。我拉上簾子，隔絕了我和父親，走出病房，坐在病房外的椅子上，想著姚子默說的話。

他曾經對我說過，解決事情之前，要先解決自己，大概就是現在這種狀況吧！

不知道做了多久，他居然來了。他又坐到我旁邊來，拿了件外套披在我身上。我轉過頭看他，他身上沒有穿著醫師袍。

「需要送妳回去嗎？」他對我說。

我搖搖頭。

「不回家休息嗎？已經凌晨兩點多了。」他問。

「我在想事情。」我說。

他臉上又出現注射過量肉毒桿菌似的笑容，旁邊值班的兩位護士看到也嘆爲觀止。

「那妳想吧！想好之後，我送妳回去。」他這樣對我說。

接著。他從披在我身上的外套口袋裡拿出一本小冊子，轉過頭去開始翻閱。上面是密密麻麻的英文和一些手繪圖，那像是他的筆記，他認眞地看著，偶爾停下來思考。

我拉回放在他身上的視線，把這三十年來我和父親所有一切，包括那些爭吵、那些我在乎的、那些他在乎的，從頭到尾想了一遍之後，天也亮了。

四個小時的時間，我重新定義了自己，而姚子默一直在我旁邊。

第七章

真正的長大，是在不知不覺當中，是在迷迷糊糊之中，是在意想不到之中。在什麼都還沒準備好的時候，你卻發現自己已經可以平心靜氣面對這一切。

坐在姚子默的車裡，我們沒有過多的交談，他聽著ICRT廣播，我則看著窗外，不禁想著昨天晚上發生的那些事。我以為痛苦這件事是有底限的，但沒想到發生在我身上時，卻看不到底限。

我把所有思緒整理好，起身重新走進父親的病房。天色已經亮到可以把父親的臉看清楚，他眞的老了，臉上的皺紋不會說謊，摻雜的白頭髮也是證明，和他的戰爭，我想也該結束了，用我還健康的身體和年老的父親戰爭，我也勝之不武。

一切都該結束，然後重新開始。

趁著父親還在熟睡，我打算先回家，幫他整理一些這幾天會用到的日常用品，順便也把自己整理好再過來。辦好父親的住院手續，在我準備叫計程車時，姚子默很堅持要送我回家。

我總是覺得已經麻煩他太多。

「其實我眞的坐計程車就可以了，你應該回去休息。」我收回看著窗外的視線，對他開車的一臉倦容說。

我沒看過這麼有耐心的男人，一整個晚上沒有跟我說過半句話，就坐在我旁邊看著他的資料，不是只待十分鐘，也不是半個小時，他陪了我整整四個小時，用一樣的姿勢做一樣的動作，中間只離開過兩次。

一次是倒了杯水給我，一次是醫護站有他的電話。

從這麼不熟的關係中，能收到這樣的關心，我很感謝。

他聳了聳肩，表示這不算什麼，我發現他很愛做這個動作。送我到家門口時，他對我說：「如果還沒準備好，其實不需要急著面對。」

「可是，不去面對，我永遠都不知道自己到底準備好了沒。」我說。

他點點頭說，笑著對我說：「挺勇敢的。」

我也苦笑了一下回應，接著，解開安全帶後，我對他說了聲謝謝，要他開車回家時小心。他沒有回答，我說完也轉身進門。

我先到父親的房間，幫他稍微整理一下，再拿幾件換洗的衣服，並且把他放在枕邊讀到一半的書摺個摺角做記號，放進手提袋內。看書是父親清醒時的習慣，也是被母親影響的好習慣。我也沒忘記幫他帶上他的老花眼鏡，這副是我去幫他配的，因爲他的前一副眼鏡在跟我吵架時摔壞了。

最後，幫他把後院的蘭花澆了點水。我提著整理好的袋子，才走出家門，姚子默的車子剛好停在家門口。

我驚訝地看著他。「上車。」他說。

我只能帶著驚訝和滿肚子的疑問上車，坐好之後，馬上問他，「你怎麼又回來了？」

「我買了簡單的早餐，妳先隨便吃一點。」他用眼神指了指放在手剎車旁邊的三明治和飲料架上的咖啡。

忍不住嘆一口氣，「我已經麻煩你太多了。」我眞的覺得很不好意思。

「我最多也只能再送妳回去妳住的地方，說實在我也快撐不住了。」他指了自己泛著血絲的眼睛。

「謝謝你。」我眞心地說。

他拿起三明治塞在我手上，「快吃吧！說謝謝不會飽。」

我笑了笑，開始吃起三明治。一路上，他跟著ＩＣＲＴ裡播放的音樂哼著，沒有一個音是準的。小時候我在母親要求下學了十年鋼琴，對音準有一定的敏感度，聽到人家唱歌音不準實在是很痛苦的事。可是，此刻我卻覺得很自在很舒服。

下車時，我再次對他說了謝謝。

「睡一覺再去醫院吧！」他對我說。然後看了看我的表情，不到兩秒他又開口，「雖然我知道妳不會。」

我又笑了。

「睡一下吧！」他收起輕鬆的語氣，鄭重地說了一遍。

我接收到他眼裡的認眞和嚴肅，對他點了點頭。我回到公寓裡，一進家門，桌上還放著哲諺昨天留下來的鑰匙。我先將那把鑰匙丟進垃圾桶，再好好梳洗一頓，撥了通電話進公司。

「蔡八珍，我這幾天要請假。」我對接電話的八珍說。

「妳爲什麼一直不回我電話？眞的很過分耶！我擔心妳分手的狀況，我多怕妳在家想不開。居然無視我的關心，妳不覺得對不起我嗎？」八珍惱火地吼我。

我心裡永遠的OS是「不覺得」。

「我是那種會想不開的人嗎？」如果要想不開，我媽離開時我就想不開了，世界上沒有任何事比母親的離開更讓我想不開。

「誰曉得啊，妳不知道分手本身就是一顆原子彈嗎？妳和陳哲諺到底分了沒？妳到底爲什麼要請假啊？」她說。

但現在對我來說，父親才是原子彈，「分得很乾淨，而且我爸出車禍了。」我把昨天的事大略地告訴八珍，太多細節的部分，也只能見面再聊。

「我的媽啊！妳眞的是……在倒哪輩子的楣啦，我中午休息時去廟裡幫妳點光明燈和貴人燈好了。唉，我們慈怎麼會這麼辛苦啊？我都要心疼死了，嗯甘厚嗯甘厚！」她自己一個人就可以演完一齣戲。

「妳夠了，記得幫我塡假單放到錢麗芸桌上。」再聽下去，感覺剛剛吃進去的三明治都可以馬上吐出來了

「她也沒進來啊，丁經理也還沒有進來。妳不知道現在公司呈現開 party 的狀態嗎？三個大人都不在耶。」八珍說。

我不禁搖了搖頭，但我也無能爲力，我必須請假，「如果有很重要的事，妳再打電

話給我，我會想辦法處理。」

「好啦！我會盡量請另外那兩個大人處理。搞什麼啊？公司又不是妳的，妳做得太多了，這樣就好，妳好好照顧妳爸。還有妳啊，要記得吃飯，要不是我每天中午拖妳去吃飯，妳會這麼健康嗎？」蔡八珍眞的好敢講。

但她的關心，讓我忍不住有點哽咽。

「謝謝妳。」我滿懷感謝地說。

結果她居然在電話那頭尖叫，「妳不是何偌慈，她才不會對我說謝謝妳這句話，妳哪來的詐騙集團？爲什麼冒充我們慈……」

沒等她崩潰完，我就把電話掛掉，後悔剛剛爲什麼突然哽咽一秒。

掛掉電話後，我癱在沙發上，覺得全身無力，姚子默最後對我說的那句「睡一下吧」突然跑進腦海裡。我閉上眼睛，逐漸失去意識，即使我告訴自己再撐一下就好，但事實上，我眞的累了。

我再次醒來時，是被手機鈴聲叫醒的。我從包包裡拿出手機一看，是曼安來電，我有一種不好的預感。

「偌慈，妳怎麼可以現在請假？」她沒頭沒腦地丟了一句話來。

我不知道是她的話太難以理解，還是我還沒睡醒。

「我爸出車禍了，他的腳不方便，這兩天我需要留在醫院。」我解釋著。

「那我請人去照顧妳爸啊！錢我來付，妳不知道我和公司現在很需要妳嗎？妳不在，誰來幫我處理工作？我等會還要去上烹飪課耶。」她在電話那頭說出這樣的話。我在想，有錢的人是不是都比較天真。

我深吸一口氣，緩緩對她說：「曼安，我爸我得自己照顧，妳也該要好好處理公司的事情了，妳要記得，妳是行銷部經理。」

「我現在哪有那個心情？我還有很多事要做耶，妳要請幾天？明天上班可以嗎？」

她的回答讓我再一次無言以對。

我感謝她那時對我的幫忙，所以我也在公司待了八年的時間，她的諸多要求我也努力達成。太過努力的下場，竟然讓她搞不清楚什麼事是應該要先做的。落到這個無言以對的下場，其實我自己是要負責任的。

「曼安，我會請三天假，我父親需要做些檢查。」我說。

她又在電話那頭驚呼，「三天，也太久了！我找認識的醫生幫他檢查，今天一定能弄好，妳明天要回來上班啊！很多事情都需要妳來處理。妳爸在哪間醫院，快告訴我，我來處理。」

拿處理我爸事情的時間去處理工作，不是很好嗎？

「不用了，謝謝妳。還有，我眞的要請三天假，如果妳不同意我請假，要記我曠職也沒有關係，我還得再趕去醫院，先這樣了。」我說完就掛掉電話，我不是善有善報，而是惡有惡報。

在工作上，我把她寵壞了。不是她的錯，是我的錯。

我好像突然領悟了些什麼，我在責怪別人這麼對我時，從來沒想過是我讓別人這麼對我的。曼安是這樣，哲諺也是這樣，父親也是，不是他們讓我痛苦難過，是我的隱忍和退讓使我自己落入現在這個處境。

在我埋怨他們之前，我首先要埋怨的是自己。現在這一刻，我才終於明白自己錯在哪裡。

變暗的手機螢幕上反射出我的臉，我看見自己笑了，發自內心的那種笑容。頓時我全身充滿勇氣，知道錯誤的眞相之後，反而一點也不覺得難過，我又長大了吧！我想。

坐上計程車到醫院，我原以爲我會和今天早上那時一樣迷惘、茫然，不知道怎麼面對父親。出乎意料的是，此刻我竟然感覺心情很輕鬆。我有點訝異自己的心態忽然改變這麼多，但比起訝異，我更感到安心。

那種自己可以保護好自己的安心。

我用輕鬆的姿態走進父親的病房，其他床位的病人眼神紛紛移過來打量了我一番。看到我，父親的表情有一點不自在，也許是我眼睛下的紗布讓他心生一點點愧疚，雖然我覺得不太可能……但無所謂，我已經不想去在乎我的父親要怎麼看待我。

我把帶來的東西一一放到該放的位置：買來的礦泉水擺在旁邊櫃子上，也拿出他讀到一半的那本書。

整理好，我看到父親默默地坐在病床上，他看著其他人正在吃醫院的午餐，他的那一份，他連動都沒動過。

「是傷了腳又不是手，需要我餵你嗎？」我說。

父親狠狠瞪了我一下，「我不吃。」我看了看餐盤裡的食物，有他不愛的茄子、番茄炒蛋和青椒。以前，看到這些菜色，我應該會在他說不吃之前就開口問他，「還是我去幫你買？」但現在不會了，除非他說，我才會做。

因為討好也是寵壞一個人的方式，我用這樣的方式，在某種程度寵壞了我的父親。

我點了點頭沒有繼續和他搭話，坐到病床旁的椅子上拿出我的 iPad，打算回些公司內部的急件和 email。

我什麼話都沒說，他也愣住了。我看了他一眼後，低下頭工作。過了半個小時，其他病床的餐盤都收得很乾淨，父親的則是原封不動地還放在他面前。醫護人員看到，連忙過來詢問：「怎麼都沒有吃？」

對著親切的護士小姐，父親很不客氣地說：「我不想吃。」

我抬起頭來看著隨便發脾氣的父親，對護士小姐說：「他不吃，我幫他收。」然後起身把餐盤拿到外頭的回收餐車上放好，又走回椅子上坐著，繼續用 iPad。

我知道父親用不可思議的表情在看我，我也知道他滿肚子火，但我必須讓他知道，從今以後，我對於他發脾氣的舉動不會再有任何感覺。我想，我和姚子默不一樣，他把母親定位成朋友，而我的父親對現在的我來說，是兒子。

我長大，他也必須長大。

接著，父親很用力躺回床上，棉被一拉，蓋上自己的頭。我也沒有理他，繼續做自己的事情，打算晚上乾脆回去拿筆電來，沒有八珍的吵鬧也沒有父親的發怒，這裡其實是一個很合適專注工作的地方。

聽到微微的鼾聲，我把他的棉被往下拉，免得他悶死自己。我的眼睛不經意地瞄向隔壁床，那位八十幾歲的老先生正對我笑著，是那種有很多涵意的笑容。我也給他一個微笑，這位長輩吃過的鹽比我吃過的米還多，不用我多說，我想他都明白。

繼續回到工作上，一晃眼就又過了三、四個小時。把重要的事都處理好之後，我抬起頭揉揉發痠的肩膀，再活動一下筋骨，卻看到父親正看著我，想說些什麼的樣子。我也看著他，等待他開口。

但他什麼也沒說，瞪了我一眼就轉過頭去。他拿起我帶來的那本書，一翻開就開口罵我，「妳幹麼亂摺我的書？」

我冷冷地看著他，沒有什麼特殊的情緒，「就摺了啊！」不然呢？

他看著我，很想發火又極力忍住，我滿好奇他爲什麼要忍住，但我知道他不會給我答案的。我準備起身上廁所時突然想起，都下午了，父親好像到現在都還沒去過洗手間。

於是我問他，「你要去上廁所嗎？」

他的表情說明了他想，卻又不願意麻煩我。我直接走到床邊，先把他行動不方便的那隻腳移下來，拉起他的手放在我肩上。他馬上移開，「不用妳幫，去給我借拐杖來。」

這我當然想到了，剛到醫院時我就打算去借，可是醫院裡的拐杖目前都被借走，而醫院裡賣醫療器具的店面也說目前缺貨，明天才會補貨，事情就是這麼剛好。

「缺貨。」我說。

然後再把他的手放到我肩上。這次沒有給他再掙扎的時間，我用力地把父親撐起來，他依然在我旁邊吼著，「我自己去就可以了，妳走開。」

他不斷在我耳邊罵，我依舊沒有理他，吃力地架著他一步一步往前走。我突然停下來，「你確定你可以自己去嗎？那我現在放開。」我假裝移開一點，他反而緊張了。他畢竟是愛面子的人，絕對不會願意自己在大家面前跌得狗吃屎的。

把他扶進洗手間後，讓他一隻手支撐在牆上，「你好了再叫我。」我走出洗手間，順便帶上門，沒忘記補上一句，「不叫也沒關係，只是你得一直在裡面就是了。」

雖然洗手間裡沒有任何聲音，但我很清楚，父親現在應該氣到很想捶牆壁。

我站在洗手間外面，抬起頭，隔壁床的老爺爺又在看我，對我笑得很開心，還用他的大姆指幫我按了一個讚。

我也對他笑了笑。

「好了。」父親的聲音從洗手間裡傳出來。我打開門走進去，先扶他去洗手，再把他扶上床。我聽到他肚子在叫的聲音，他尷尬地看我一眼，我假裝沒有聽到。

他該適應醫院的餐點，也該適應我的改變。

過沒多久，醫生走了進來，從床尾的架上拿起父親的病歷表，問父親一些問題之後便對我說：「腦部斷層掃描的結果出來了，是沒有腦震盪的現象，目前觀察起來，除了外傷，基本上沒有什麼問題的，明天就可以辦理出院。只不過，因爲上了年紀，骨折的部分，要多注意一下，要準時回診。」

我點了點頭。

主治醫生離開時，姚子默剛好走進來，兩個人打了招呼，然後姚子默走向我，我發現他手上帶著一副拐杖，表情依然很僵，但感覺精神不錯。他把拐杖遞給我，「我不知道妳有沒有準備，如果沒有，這是我家裡的，可以先湊和著用。」

我感激地點點頭，接了過來，謝謝他的好意。

他先問候了父親。對外人會保持禮貌的父親也和他聊起來。

而我的手機響了，我按下通話鍵。

「姊，妳在哪裡？我連續兩天打電話回家爸都不在，我有點擔心，他是不是又喝酒出事了？」弟弟擔心地問。

以前我不想讓弟弟擔心，都會掩蓋事實，但能夠治住父親的也只有弟弟，這段時間以來，我孤軍奮戰的效果不彰就算了，還滿身瘡痍。現在我需要戰友，於是我把父親喝酒出車禍的事告訴弟弟。

父親原本在一旁和姚子默聊得好好的，一聽到我說那些事，馬上大發火，「妳沒事跟妳弟說這些幹麼？故意讓妳弟擔心不能好好念書嗎？」

看著父親發火的樣子，我居然一點生氣的感覺都沒有。我把手機遞給他，「我不說，你自己跟他說。」接著把手機塞到他手上，再順便冷冷地補了一句，「電話費很貴。」他馬上把手機放到耳邊。

姚子默看著我，嘴角微微地笑，我也給了他一個微笑。

父親和弟弟講完之後一直不停地唸我，怪我爲什麼告訴弟弟那些事，但我沒有理他。姚子默則是出了聲，「偌慈，妳臉上的傷口該換藥了。」我知道他想解救我。

這剛好提醒了父親，我臉上還有傷口，那個被他鞋子扔到的傷口。父親住了嘴，看著我的臉，表情起了變化。我不再多想什麼，因爲我不會再有期待。

姚子默帶著我走回他的辦公室，拿了些工具，準備幫我換藥。

「看來妳準備得很好。」他看著我說，然後慢慢把我臉上的紗布拆開。

我當然知道他在說什麼。其實我也不明白自己的心情爲什麼能平靜到這種程度。也許這才是眞正的想通，不再抱有期待，也眞正想清楚了，明明白白的。

對於他的稱讚，我聳了聳肩，學他的反應。

他對我笑一笑，接著幫我重新上藥。他的臉在我面前放大，很溫柔很仔細又很認眞，消毒水引起的刺痛感使我皺了眉頭，他力道更輕了些。

「你也和我很像。」我再學著他說。

他露出疑問的表情看著我。

「臉很臭，但很善良也很溫柔。」我說。

「這是從另一種角度稱讚自己嗎？」他笑著說。

我笑了笑，沒有回答。

擦好藥後，我再回到父親的病房內。又到了吃晚餐的時間，大家都已經開始吃著，只有父親依舊沒有動。我看到湯裡有他討厭的薑，菜當中有他討厭的花椰菜，我走了過去，淡淡地問：「不吃嗎？」打算幫他把菜收走。

他馬上拿起筷子，「我有說我不吃嗎？」是該吃了，連午餐都沒吃，早就該餓慘了吧，更何況，我沒忘記還聽到他肚子餓得叫了一聲。

我看他挑出討厭的薑，也盡量不去吃花椰菜，但我沒有說話，他高興就好。我再次打開我的iPad，他突然出聲，「妳不去吃飯嗎？」

我抬起頭看他，他馬上把視線放在食物上，假裝自己沒有說過那句話，所以我也沒打算回答他。

繼續專注工作上，過了一會兒，突然間我好像聽到八珍的聲音。我以爲是我幻聽，但這聲音好近，近到好像在我旁邊一樣。我再抬起頭，八珍就站在我面前，旁邊還有一個男生。

「妳也太扯了吧？連在醫院也能工作成這樣……哎唷！妳的臉是怎樣？怎麼會受傷啊？妳不知道女生的臉受傷破相會倒楣嗎？是誰弄的啊？哪個白目？」她緊張地猛盯著我的臉看。

我緩緩把視線放在父親身上。原先父親看到八珍時，停下了筷子抬起頭，一臉疑惑的表情。此刻接收到的我眼神，馬上又低下頭繼續進食，假裝沒聽到八珍說的話。但八珍當然明白我的意思，尷尬地笑了笑。

她馬上向父親打了招呼，「何爸爸好，我是慈的同事，聽說您出了車禍，所以過來看看您，希望您早日康復。」接著從站在一旁的男生手中接過一盒雞精，雙手奉上。

父親點了點頭，伸手接下來，然後又繼續吃飯。

「慈，妳吃飯了嗎？」八珍問我。

我搖搖頭。

她馬上轉過頭對那個男生說：「你去幫慈買點吃的，她不喜歡吃飯，你買麵類，她不吃牛肉，所以不要買牛肉麵。」

我都還來不及說「不用」兩個字，那個男生已經消失在我們面前，好驚人的行動力。我疑惑地看著八珍，她笑得很得意，在我耳邊偷偷說：「不錯吧！我之前提過的那個郵差啊！是不是和我很配？」

我被她打敗，「妳怎麼知道我在這裡？」

「想也知道，妳從以前到現在只跑這間醫院，再去服務台問何照雄住哪裡間病房，就找到啦！」父親聽到自己名字，抬起頭看了一下，八珍又傻傻地對父親笑了笑。

我也笑了，「看到妳來好開心。」我發自內心地說。

「我就說妳愛我。」八珍一臉早就知道的表情。

然後她興奮地把我拉到外面走廊上，又把臉湊到我面前，「快看快看，我有沒有哪裡不一樣？」

我看了看，「沒有啊！」

「嘖，怎麼可能沒有，明明就有！妳仔細看。」臉都湊到我臉上了。

我把她推開，「太近了啦！」我眼睛都要脫窗了。

看了很久，我還是覺得她和以前一樣。然後她一臉失望，「妳眞的很不關心我，爲什麼都沒發現我的嘴唇和以前不一樣了，不覺得我的豐唇很性感嗎？」她嘟著翹翹的嘴唇，一說，我才發現好像變厚了點。

「是有厚一點。」

我才說完，她馬上開心地打了我一下，「對吧！對吧！我打了玻尿酸，妳要不要去打？我姊朋友介紹的護士，她可以直接拿到最便宜的價格，是她幫我打的，只要原價的三分之一妳知道嗎？妳要不要一起打？」

「拜託一下，妳可以不要去亂打東西到身體裡嗎？要打就找有執照的醫生，妳確定那護士打的是玻尿酸嗎？」這種打進身體的東西，眞的是不能隨便開玩笑的。

她受不了地說：「安啦！那個護士在整型診所工作好幾年了，所以才能用便宜的價格直接向廠商拿貨啊！」

總之，我還是覺得很可怕，「這樣就好了，妳不要再去亂打了。」

「我還打算去打肉毒桿菌耶。」她繼續說。

我沒好氣地瞪了她一下，正要繼續唸她，她很聰明地馬上轉變話題，「慈，快點跟我說這兩天發生的事啦！我今天一整天擔心到都沒辦法好好工作，妳臉上的傷真的是妳爸弄的嗎？他打妳嗎？快說啦！」

她什麼時候好好工作過了？

我嘆了一口氣，受不了八珍一直煩我，只好把這兩天和哲諺分手、被父親扔來的鞋子劃傷……等等的事情向八珍說了個徹底。八珍一邊罵陳哲諺，一邊氣得想進病房找父親好好聊聊，但被我制止了。

我們兩個人在病房前拉扯時，姚子默的聲音在一旁響起，「發生什麼事了嗎？」

我們停下動作看著他，接著變成三個人你看我、我看你，這樣看來看去。

最後他先出了聲，對著我說：「偌慈，我幫妳帶了點吃的，不知道妳喜歡吃什麼，就都買了一點，吃不完的話，晚點肚子餓再吃也可以。」然後把手上提著的塑膠袋遞給我。

「謝謝，每次都讓你這麼麻煩，真的很不好意思。」我說。

他再次聳了聳肩。

八珍突然走到他面前，笑著對他自我介紹，「我是慈的同事，我叫八珍。」

姚子默也自我介紹，「我是這間醫院的醫生，也是偌慈的朋友，我是姚子默。」

我們是朋友？我笑了笑，莫名地喜歡這個關係，沒想到除了八珍之外，我還可以有其他朋友。

「妳們聊，我進去看一下。」他對我們說。

他一走進病房後，八珍曖昧地看了我一下。我知道她腦子裡又開始那些不入流的想法，「收起妳過多的想像。」我說。

她笑得很下流地說：「妳確定那是我過多的想像嗎？這氣氛不尋常啊！反正妳現在單身，他看起來是有點不好相處，但只要妳喜歡……妳知道的，妹妹我完全支持妳。」

關於八珍對他的誤解，我感到很抱歉，臉臭的人就是容易被認定爲不好相處，「他人很好，但是妳眞的別想太多了，我現在沒有那個心情再去談戀愛，我一天二十四個小時都要當成四十八小時用了，我不想再害別人！也不想再害自己。」

現在的我，是沒辦法給別人幸福的，所以哲諺才會離開我，不是嗎？

「妳眞的是……」她還想繼續給我洗腦時，她男友回來了，提了一堆食物。

「這麼多我根本吃不完。」看起來有八人份，是過年要圍爐嗎？

八珍笑著說：「不用，妳吃姚先生買的，這些我帶回去當消夜。」如果不是看在她好心來看我的分上，我眞的很想揍她，怎麼有人可以笑得這麼噁心？

我瞪著她，不想說話。

她則是笑得很八婆，然後勾著男友的手離開。

不想理會她的三八，我回到病房，看見姚子默正教父親使用他帶來的拐杖，耐心地對父親說明使用的注意事項。我看著他專注的表情，聽著他溫和的說話語氣，這樣好的一個男人，只能當我的朋友，我不能拿愛情來害他。

戀愛是需要資格的，而現在的我是失格的。

第八章

你有沒有愛錯過一個人？有沒有花了大把的時間和青春，狠狠愛錯過一個人？如果有，你是幸運的，因爲你用那些美麗卻哀傷的年華，成長了自己。

一大早準備出院時，弟弟又打了電話過來，囑咐父親要多注意自己身體，接著又用如果再知道他酗酒，就馬上休學回台灣這件事來恐嚇……不！是告誡父親。

昨天晚上姚子默離開後，我和弟弟聊了很久。好在現在的通訊軟體方便又不用花錢，不然聊了兩個多小時，電話費都不知道花多少了。我把父親的情形告訴弟弟，他在電話那頭一直向我道歉，哽咽地說他很抱歉這段期間讓我一個人承受這麼多，他還激動得想馬上回台灣。

姊弟倆在電話裡面痛哭，我爲我能夠釋放自己而感動地哭，我以爲自己可以承受更多，但事實上，我高估了自己，把自己整得死去活來，到最後還是要認清，其實我做不到。

但承認自己做不到，竟出意乎料地並不讓人特別難過。

我和弟弟約定好，要他好好完成學業。他也要我不管發生什麼事都一定要告訴他，他會和我一起解決。我告訴他「我會的」，因爲我已經變了。

父親和弟弟結束通話之後，很不爽地看著我，我當然知道他在不爽什麼，他覺得我大嘴巴，什麼事都告訴弟弟。我看見他的表情，什麼感覺都沒有，從現在開始，我不讓自己當壞人了，有些狠毒的事，別人做會比我更有效果。

我把手機放進包包，父親終究受不了地吼我，「妳是吃飽沒事幹嗎，淨跟妳弟講些沒營養的事。他在國外念書，妳幹麼讓他擔心？」

我起身整理該帶回家的東西，他依舊在一旁發火，「妳到底存什麼心眼，存心讓妳弟弟念不好書，這樣妳就開心了嗎？妳做人家姊姊，要不要這麼自私？」

我停下動作，轉過頭看著他，淡淡地對他說：「讓他擔心的是你，不是我。」你不要喝酒、不要出車禍，不就什麼事都沒有了？把錯推到我身上，以爲別人都看不見嗎？

他嘴巴好像被塞住一樣，一句話也吐不出來。

旁邊正在吃早餐的老爺爺對著我笑，我也對他眨了眨眼，把東西整理好，我離開病房幫父親辦出院手續，再到醫院內的便利商店幫他買瓶牛奶，好讓他可以在車上先喝，回到家再幫他燉個湯或熬個粥。

回到病房要接父親時，姚子默居然在房間裡和父親聊天，他昨天值夜班，現在不是應該要回去休息了嗎？

「你怎麼還在？」我問。

「早上有會議，剛剛才結束，不知道你們離開了沒，所以上來看看。我送你們回去吧！」姚子默拿拐杖遞給父親，再幫他起身，確定父親使用拐杖的方式沒有錯誤。

「不用了啦，你快回去睡，我們搭計程車就可以了。」住院這兩天他真的幫我太多了。

但他好像沒有聽見一樣，在一旁護著不太熟悉拐杖的父親，還不忘叮囑我再檢查一次，不要漏了東西忘記拿。

看著他和父親的背影，我感慨萬千。記得哲諺第一次扶著酒醉的父親時，背影也像這樣，因爲感動，那時候我默默地哽咽，我以爲自己再也不需要一個人面對，但事實是，我依然得自己一個人面對。

哲諺的離開，讓我明白，我不能依賴任何一個人。

到門口時，姚子默轉過頭對我說：「偌慈，你們在這裡等一下，我去開車過來。」

我點了點頭，把父親扶到靠門邊的位置，以免站在車道邊，車子來來往往的很危險。才剛站好，我聽到有人在叫我。一抬頭，曼安居然站在我旁邊。

她一臉驚訝，我也是。

「偌慈，妳怎麼在這裡？」原本閃過一個念頭，以爲她應該是要來看我父親的。在聽見她這樣問我之後，原來的想法瞬間消失。

「我爸車禍。」

她從頭到腳打量了我父親一次，眼神很輕蔑，讓我覺得非常不舒服。然後她好像想到什麼一樣，開心地對我說：「妳爸今天出院？那妳下午應該可以回公司了吧！」

看著她，我的心狠狠地涼了一截。

「沒有，我後天才會進公司。」我說。

她開心的表情馬上消失，接著哀怨地說：「明天不行嗎？和上海合作的案子一直卡在那裡。」

我受不了地對她說：「曼安，那案子和業務部的我沒有關係，那是行銷部的工作，妳是行銷經理，本來妳就應該處理和決定。妳要收收心，該工作的時候就要工作。」

她不可置信地看著我，像是她養的狗咬了她一口那樣。這麼說自己有點可悲，但我發現，過去的自己幾乎就是那樣，要我做什麼，我二話不說都接下來做，結果讓她變成現在這個樣子。

兩人陷在尷尬裡，還好姚子默的車到了。他下車走到我們旁邊，曼安看到姚子默，一臉不可思議的表情，「子默……」她喊著。

難道他們認識？我站在原地發呆。

姚子默對曼安點了點頭打聲招呼，然後打開車子後座的門，先讓父親坐進車子裡，再把我手上的行李袋也放進去。

曼安走到姚子默旁邊，「你也認識偌慈嗎？」

他點了點頭。

曼安轉過頭看我，我眞的不知道她的表情爲什麼這麼驚訝。

「偌慈，上車。」他接著開了前座的門。

現在是什麼情況？我看著曼安的表情，再看了姚子默一眼，他卻像平常一樣，臉上看不出有什麼變化，他用眼神示意我快坐進去，我回頭看看曼安，她依然是一臉吃驚的樣子。

後面的車子在等著，我沒有辦法停留太久，只好對曼安說：「曼安，我先送我爸回去。」但她沒有理我，眼神只放在姚子默身上。

接著姚子默上車，把車子往前開。我從後照鏡看著曼安，第一次看到她這種失落的表情，就算和錢麗芸吵架吵輸了，也不曾見過她這個樣子。

坐在後座的父親突然出聲音，「那是你們公司的主管？」

我收回看著後照鏡的視線，然後回答父親的問題，「嗯。」

「那樣子我不喜歡，香水噴得那麼濃，裙子穿得那麼短，妝化成那樣，還一點禮貌也沒有。女孩子家那種模樣成何體統。」父親批評著曼安，我在心裡暗暗笑了，他什麼時候在意過這個？

姚子默也驚訝地看著我說：「沒想到她是妳主管。」

我點了點頭，「你們也認識嗎？」對於剛剛那情況，我眞的覺得太奇妙了。

他先是皺起眉頭，然後緩緩點點頭，「是認識。」

「地球好小。」眞的沒想到姚子默會認識丁曼安。

姚子默則又是聳了聳肩，露出不予置評的神色。

回到家，他先陪我安頓好父親。發現家裡有些需要修繕的地方，他又找來工具，該換的燈泡換好，該修的水龍頭也修好。看他拿著螺絲起子滿頭大汗的樣子，我忍不住問他，「急診室醫生是不是比較閒？」

他抬起頭，臉上那個表情好像在說我問了多蠢的問題似的，「妳是用眞心在問這個問題嗎？」

我誠實地點了點頭。我看過美國影集《急診室的春天》，裡頭的醫生每天都忙著救人，可是他卻有很多時間幫我那個幫我這個。

他搖搖頭，沒有回答我，感覺是不屑回答我。

我只好摸摸鼻子，走到二樓整理我自己的房間。父親的腳還沒完全復原的這段時間，我想我必須住在這裡，比較方便照料他。

房間其實並不太髒，稍微擦一下，拖個地就差不多完成。我再下樓時，看到姚子默已經陣亡躺在沙發上。

我收回那句急診室醫生是不是比較閒的問話，是我愚蠢了。本來想叫醒他，但他實在睡得太熟，我只好幫他把眼鏡拿下來。看到他的臉，我忍不住笑了出來，沒想到睡著了臉還能這麼臭，比我強太多。

我拿條毯子幫他蓋上，就拿著錢包到菜市場買些菜。我準備幫父親補一下身體，順便煮頓好吃的給姚子默，和母親當朋友的他，我想應該很少吃到家常菜。

這一煮，花了我兩個小時，有五菜一湯。午餐吃成這樣，好像吃得太好了。

等我煮完菜要去叫醒他們時，他們早就坐在客廳下棋了。我看不懂圍棋，但弟弟下得很好，還得了很多次獎，教練就是父親。

「別玩了，先吃飯。」我對他們說。

但他們都沒有回答我。

「先吃飯。」我再重複一次。

然後兩個人都沒有抬頭地回了聲，「嗯。」

「五秒後沒出現，我會折爛那塊棋盤。」我冷冷地說，接著走進廚房。隨即聽見後頭傳來兩個人起身的聲音。

我實在不願意承認，人都怕壞人。

父親大概是受不了醫院的餐點，一句話也沒有說地吃了兩大碗飯，姚子默則是不知道餓了多久，也吃了兩大碗飯。我有多久沒看到父親吃得這麼津津有味的表情？通常我都是煮好飯就離開，因爲我知道他並不想看到我。

沒想到，我們居然能有這麼和平同桌吃飯的時刻。

餵飽了他們，切了盤水果放在客廳的桌上。我在廚房裡洗碗，結果聽到兩個人在外面起了爭執。

理由是我的父親下了一步棋後反悔，又重下，姚子默說他犯規，兩個人就這樣吵起來，一句來一句去的。我看著這情景，眞心覺得這世界變化很快，讓我不知所措。活著，眞的是什麼都看得到。

我關掉水龍頭走進客廳，二話不說把棋盤上的棋子掃進棋盒，再把棋盤放到一邊。看著他們兩個吃驚的表情，我說：「快吃完水果，該幹麼就去幹麼。」

兩個人不情願地叉起蘋果吃著。

我回到廚房洗好碗，再走出來時，兩個人又一起在看電視新聞，評論哪一個議員貪污，哪一個立委收賄，聊得非常開心，好像剛剛沒有下過棋、沒有吵過架一樣。

男人不管到幾歲都很幼稚。

「你該休息了。」我對父親說。

「你該回家了。」我對姚子默說。

我拿起遙控器關掉電視，結果父親生氣地吼我，「妳不要以爲我忍氣吞聲是怕妳喔，我想看電視就看電視，我想幹麼就幹麼，爲什麼要一直管我？不要以爲聯合妳弟弟我就會怕，我跟妳說……」

這已經沒有辦法再激怒我分毫了，「嗯？你說。」我會靜靜聽。

父親又一個字也說不出來，我看到姚子默在一旁偷笑。

「我懶得跟妳說。」他撐著拐杖負氣回房間，門「碰」地甩出好大一聲，眞的很幼稚。

我看著姚子默，「你不累嗎？從昨天晚上到現在都沒有好好睡。」

他起身點了點頭，「很累，但很有趣。」

我疑惑地問他，「哪裡有趣？」

他聳聳肩，帶著微笑說：「全部。」

我越來越習慣他笑僵的臉，雖然很不自然，卻很眞心。

送他離開之後，我也準備回家拿些這幾天要用的衣服和生活用品。我從小住到大的這個房間，除了傢俱之外，什麼都沒有。

回到住處，拿了袋子把需要的衣物全塞進去，想到可能有幾天沒辦法回來，忍不住拿起掃把和抹布，在出門前先稍微整理一下，也把晾在陽台的衣服收一收，才發現還有哲諺的襯衫和短褲，這該丟掉還是……

我還在思考的時候，手機的聲音從房間裡傳了出來。

我走進去接起來，八珍驚慌的聲音從電話裡頭傳來，她平常傻乎乎什麼都不怕，第一次聽到她這麼緊張，「慈！妳快來！」

「怎麼了？」我說。

「丁經理和錢經理在公司大吵，丁經理好像發瘋一樣，猛砸錢經理辦公室的東西，同事都嚇死了。她們現在還在吵，妳快點來，我好害怕，我還不想死，我都還沒有結婚生小孩，我不能死啊！我……」

吵死了。

掛掉電話之後，馬上拿了包包就往公司衝，這個月大概是我近幾年搭最多計程車的一段時間。

還好住的地方離公司不是太遠，只需要不到二十分鐘的時間。我下了車，像風一樣衝進大樓，電梯的按鈕快被我按壞了。雖然我很明白這樣它並不會比較快，但我實在是緊張得不知道怎麼辦才好。

十幾年的戰爭，現在才要定輸贏嗎？但我不想看到任何人流血。

電梯門一打開，我走進辦公室，就看到一群人圍在錢麗芸的辦公室外看熱鬧，一臉津津有味的樣子。沒辦法，別人的事永遠比較好看，我看著這些人交頭接耳，比開會還認眞的樣子，忍不住發火。

「都不用工作了嗎？還是你們不想要這份工作了？」我冷冷地說。

不到三秒，辦公室外的人都不見了。

八珍跑過來拉著我，「慈，要不要報警？」

我瞪了她一眼，她閉上嘴，默默回到位置上。我聽著從房間傳出來的叫罵聲，是曼安的聲音，我深吸了口氣，開門走進去。

錢麗芸坐在她的位置上，什麼表情都沒有，只是一臉蒼白。丁曼安則是站在錢麗芸的桌子面前，氣沖沖地瞪著她，桌上的東西都被掃到地上，該破的都破了，該碎的也都碎了。

我走到曼安旁邊想把她帶離這裡，她卻揮開我的手，「放手，這是我的家務事，妳不用管。」

我一點都不想管，但家務事不應該在公司處理。

錢麗芸突然出聲冷笑了一下，看著丁曼安，「什麼家務事？我是妳家的人嗎？」

曼安生氣地指著她罵，「賤女人！破壞我的家庭，害我爸媽變成這樣。現在我爸不要妳了，妳還敢向我爸要分手費和房子。妳怎麼那麼不要臉？就說了妳和我爸在一起只是爲了我家的錢，我會叫我爸一毛錢都不要給妳！」

要房子和錢嗎？我並不覺得。看錢麗芸一臉受辱的樣子，我很難過。

「那妳去跟妳爸說，不要來跟我說，這是我的辦公室，請妳出去。」錢麗芸對曼安說。

曼安抓狂拍了桌子，「這是我家的公司，是我要叫妳滾出去，妳以爲妳還能留在公司嗎？妳以爲我爸還會替妳說話嗎？我爸說了，他不會留分手的女人在旁邊，尤其是公司裡。說穿了，妳也只是陪我爸睡覺的公司員工。」

這話太傷人，我看到錢麗芸眼裡閃過濃濃的哀傷。

「曼安，這裡是公司，不要在這裡吵。」我說。

「這公司是我家的，我想怎樣就怎樣，我想罵她賤人就罵，我想叫她滾就滾，有誰敢說話？」曼安像瘋了一樣，無法控制。

錢麗芸突然站起來，看著丁曼安說：「妳以爲這間公司是怎麼走到現在的？妳在享的福，是我打拚來的，妳不要太自以爲是。我是第三者沒錯，但我沒有對不起妳，不要再說我破壞妳的家庭，在我之前，你爸就沒有女人嗎？你媽就沒有出去養小白臉嗎？」

她的話讓曼安住了嘴。

「妳家就是個爛家庭，還自以爲有多幸福美滿？妳這個不知人間疾苦的公主，妳算什麼東西？在我眼裡，妳不過就是個有錢沒腦的假娃娃，別把自己想得太高貴了。」錢麗芸走到曼安面前，越說越激動。

我走到她旁邊，想要她別再說，但她制止我，接下去繼續說：「我會走，我當然會走，因爲這間公司不值得我再付出一分一毫，妳好自爲之吧！記得抱著偌慈的大腿，不然這間公司也差不多了。以妳這種腦袋，管得了整個公司嗎？」

錢麗芸又冷笑了一下，「不如讓它倒。」接著打開門走出去。

曼安留在辦公室裡，她沒有對象可以洩憤，最後開始崩潰，把錢麗芸的辦公室得個稀巴爛後，蹲在地上哭了起來，一邊哭還一邊罵錢麗芸是賤女人，也沒忘記叫她去死。

她哭得很慘，但很奇怪的是，我一點都不同情曼安。

我從丟在地上的面紙盒裡抽出衛生紙，遞到她面前。她伸出手用力抽了過去，站起來，表情凶狠地對我說：「我要想辦法讓她在這業界混不下去，有本事她轉行。」

「有必要這樣嗎？」分手也分了，工作也辭了，還想要怎樣？

她一臉的不認同，「爲什麼不？她害我家變成這樣，都是她的錯，分手就該滾，我爸居然同意給她一棟房子和分手費，她是什麼東西？」

房子多少錢？分手費多少錢？青春和愛值多少錢？可以換得回來，可以彌補回來的嗎？付出了用錢買不到的東西，最後得到再多錢不也只是加深無奈嗎？

錢麗芸是什麼東西？我不想再回答。

曼安和錢麗芸的那些事對我來說已經結束，從今以後，這些事情會在我的生活消失，乾乾淨淨的。我只是希望，錢麗芸離開後從現在開始可以過著屬於她自己的生活。

「我要回去了。」我對曼安說。

「等一下。」她叫住準備離開的我。

我回過頭。

「妳和姚子默是什麼關係？」她沒問，我還眞沒想起早上在醫院門口碰到的事。

套一句姚子默說的，「我們是朋友。」我說。

「朋友？」曼安疑惑地問。接著又重新確定，「只是朋友？」

我點了點頭，目前只是朋友。

曼安也點點頭，接著說：「那妳知道他是我相親的對象嗎？學烹飪也是爲了他。」

我搖搖頭。我只知道，如果他吃了難吃的阿給和水煎包，我會很對不起他。

接著，曼安就開始說她是怎麼被她媽押去和姚子默相親，然後她是怎麼覺得姚子默面無表情的時候最可愛，還有她是如何欣賞姚子默的沉默內斂及溫柔寡言，她又是如何下定決心，想讓姚子默變成她的男人。

她整整說了半個小時。

最後，她帶著微笑對我說：「偌慈，妳應該不會和我搶吧。」

表情變化之快讓我應接不暇。

我看著曼安，發現她不再是我一直以來以爲的那個樣子。我以爲她只是愛玩、只是愛耍點性子、只是偶爾任性、只是不喜歡認諭，但依然是個單純善良的人，因爲那時候，她好心地幫了在大街上遊走的我。

可是直到今天，我認識的曼安不知道哪裡去了。

姚子默很好，他對我來說太好了，我完全沒想過要和他發展到別的關係去，因爲現在的我根本沒有心思想其他的，因爲現在的我，沒有資格談戀愛。

我對曼安搖了搖頭，轉身離開公司。

因爲這一場鬧劇，我走出公司時，已經天黑了。我擔心睡午覺的父親應該已經醒過來，差不多該幫他準備晚餐了。想到這裡，我正要加快腳步，有人從後面叫住了我。

回頭一看，是錢麗芸，她從大樓的柱子後走了出來。

我看著她紅腫的雙眼和蒼白的臉色，不知道該說什麼。她走到我面前，對我說：

「可以和妳聊聊嗎？」

我點點頭，和她一起走到公司附近的星巴克。

她說要和我聊聊，但是坐了十分鐘，她一句話也沒說，就看著某個定點發呆，然後神遊。我忍不住拿起手機，看了一下顯示時間，已經快要七點了，我有點著急。

她聽到手機按鈕聲，回過了神，「妳趕時間嗎？」

「還好，只是我父親腳受傷，行動不方便。」我放下手機回答。

「辛苦妳了。」她說著，很眞誠的樣子。我想起不久前，有一次父親喝醉，姚子默載我回家時也這麼對我說過。

我感謝地搖了搖頭，感謝她知道我的辛苦。

她開始對我說她和董事長認識的經過，那時候公司剛開始，他們經常兩個人一起跑業務，那時候，董事長告訴她，他和太太已經離婚，只是爲了小孩才住在一起，她相信了，慢慢地就產生感情，一晃就十幾年。

「我沒有想過我會愛這麼久。」她說。

「當初知道董事長並沒有離婚的時候，爲什麼不馬上分開？」我問。

她笑得很無奈，「是啊！我現在也很後悔，當初以爲久了就會是我的。別的東西可能是，但愛不是。」

是啊，我在心裡默默回答。

「偌慈，我知道，這幾年來妳夾在我和曼安中間很辛苦，我對妳感到很抱歉。」錢麗芸突如其來的道歉，讓我不知道該怎麼反應。

「當初曼安介紹妳進來，我當然也知道她的想法，所以對妳很凶、很嚴格，但其實我很喜歡妳，妳認眞又好學，如果我們不是在這樣的情形下認識，應該能變成很好的朋友。」她說。

我依然不知道該怎麼回答。

「偌慈，妳用八年的時間還妳欠曼安的人情債，非常夠了。」她突然很認眞地看著我說。我驚訝她怎麼會知道。

「不要驚訝，我想知道的事，不用妳和曼安來跟我說。」她看到我的表情後補充。

我想也是，這世界上沒有祕密這件事。

「妳看看我花了那麼多年的時間，不管是男人還是公司，我得到了什麼？什麼也沒有。兩百萬現金和一棟房子，偌慈，妳覺得我自己賺不到嗎？可是我再有能力，我也賺不回時間，所以我不希望妳再浪費時間還曼安的人情債，我不是要妳離開去打擊曼安，那對我已經沒有意義了，八年來的相處，我只希望妳可以很好。」她一字一句地說，而我都明白。

「謝謝妳。」我說，她在心那麼痛的時候還能祝福我，我有點感動。

「這應該是我們最後一次見面吧！」她說。

我擔心地看著她，不會是要做什麼傻事吧？

她給了我一個淡淡的笑容，「不要想太多，我明天就要去美國了，我姊在那裡開店，我會去那裡生活，不會再回來了。」

不知道為什麼，我突然想哭。我知道付出不一定會得到相同的回報，這一點在過去的男人和父親身上，我了解得非常徹底。但傷得這麼徹底，最後落得一無所有，多叫人心碎。

「妳也要過得好好的。」我說。

她點了點頭，然後起身離開。我坐在位置上看著她的背影，這一次，我默默地為她流下眼淚。

眼淚流到一半，手機響了。我清了清喉嚨接起來，是姚子默。

「怎麼了？」我說。

「妳在哭嗎？」他說。

「沒有。」我回答。

「妳不用幫伯父準備晚餐，我們在吃飯了。」他說。

想哭的情緒完全消失不見，這是什麼狀況？「怎麼回事？」我問。

「伯父打電話給我說他肚子餓了，我就帶他出來吃飯，怕妳回去找不到人會擔心，先跟妳說一聲。還有，妳不要買晚餐了，我幫妳帶回去。」他慢慢地解釋著，但我只覺得荒唐，我的父親很荒唐。他怎麼會叫姚子默帶他去吃飯？不願意打電話給我，就去吵姚子默嗎？

「他怎麼會有你的電話號嗎？」荒唐到我不知道該說什麼。

他在電話那頭笑了笑，「有我的號碼很奇怪嗎？我的任何一個病人都有我的電話號碼。還有，不管妳發生什麼事，別哭了，早點回家。」接著就掛掉電話了。

聽完他說的這句話，我哭得更慘。我以爲接起電話時我已經恢復鎮定，沒想到他識破我的假裝。

也許就像他說過的，他和我很像，所以很容易拆穿我。

而我又有多久沒聽到「早點回家」四個字？就連和哲諺住在一起時也沒聽他說過，我們經常各忙各的。只有媽媽曾經對我這麼說，不是我愛你、不是我想你、不是我有多需要你，就只是一句「早點回家」。

那是一種歸屬感，一種期盼。

於是我擦掉眼淚，然後起身，打算早點回家。

第九章

我在生活中找尋面對的勇氣，繞了好大一圈，跌了好幾次跤，才發現哪裡都找不到勇氣，因爲它就在我的心裡面，等我發掘它。

我到家，看見姚子默和父親正坐在客廳裡，沒在下棋也沒有在看電視，兩個人各自拿著自己的書，坐在沙發的兩頭閱讀著。我看到這畫面，眞心覺得這氣氛很詭異。

聽到我從外頭走進來，父親頭也沒抬地繼續看著書，姚子默則抬起頭，微笑著說：「回來啦！」

不能辜負這樣的笑容，我也微笑點了點頭。

「我們剛才去吃迴轉壽司，幫妳帶了一盒，快過來吃吧！」他放下書，幫我打開放在桌上的壽司盒子。

我一坐到沙發上，父親馬上起身拿了他的拐杖，熟練地起身，我想是姚子默把他教得很好，他操作起來已經很熟悉。慢慢走回房間，我覺得納悶，畢竟我都還沒有惹到他，不知道他爲什麼不高興。

我看著父親走進去，轉頭面向姚子默，想知道爲什麼會這樣。

他則是先聳了聳肩，表示不關他的事，「剛才妳弟好像打了電話回家，妳爸向他抱怨說妳都對他不好，結果好像被你弟唸了一下，他就心情不好了。我問他要不要下棋，他說不要，問他要不要看電視，他也不要，問他要不要進去，他還是不要。」

他解釋著，我笑了笑。

他當然不要，因爲要讓我看看他有多委屈。這只是讓我更確定，把他當兒子對待是一件再正確不過的事。

我有一口沒一口地吃著壽司，腦子還是不停想起錢麗芸的事。

姚子默突然出了聲，「這樣對待食物好嗎？」

我這才回了神，對他說：「其實我還不餓。」

「妳不是不餓，妳是吃心事就飽了。」他放下手上的書，坐到我旁邊，「妳還好吧！」

我點點頭。

他突然嘆了一口氣，「我發現不應該問妳這個問題，因爲我忘了妳是絕對不會開口說不好的。」

我看了看他，這人眞的很上道。不是我不說，是說了又能怎樣？我是心情不好，我是感嘆世事無常，我是不能理解愛情，我是覺得，爲什麼人活著都要這麼辛苦？

但說了又能怎樣？這世界會因爲我的感嘆而變好嗎？愛情會因爲我不能理解而變得簡單嗎？生活會體恤我的辛苦而變得輕鬆嗎？我們都知道不會，那只是一種發洩，而我並不習慣發洩，我習慣隱藏。

「妳是懶得說，還是覺得說出來也沒有什麼幫助？」他看著我，眼鏡後的眼神很堅持地表明他想知道。

我看著他，「你在我肚子裡裝了監視器嗎？」又不是像八珍和我相處幾年早就摸透我的個性。連我和哲諺在一起那麼久，他都不一定會發現我心情不好。我和姚子默認識並不久，但他總是可以一開口就講到重點。

「如果可以那最好，我不用問就都能知道了。」他笑著說。

有人在乎你的心情如何，是一件很讓人感動的事，爲了這個小小的感動，我把錢麗芸的事說了出來，但並沒有說她的對象是曼安的父親，我沒有忘記曼安喜歡他。

「我只是替她覺得很難過，而且越來越看不起愛情，它好廉價、好脆弱，甚至覺得愛情眞的是一個笑話。」我爲錢麗芸的事下了一個最後的結論。

他幫我把我吃沒幾口的壽司收起來，再幫我倒杯水遞到我手上，對我說：「妳這樣就太偏激了，什麼事都有好的一面和不好的一面，因爲付出沒有得到相同的回應，就覺得愛情很可笑，那對愛情也太不公平了。」

「難道不是嗎？十幾年耶！又不是十幾天。」想到那些無法計算的時間，就覺得錢麗芸很可憐。

他嘆了口氣回答我，「偌慈，每個人都有選擇權的，就像妳和妳父親的事一樣，選擇權在妳的手上，選擇用什麼樣的心態去面對他，那是妳的權利，而她也有選擇離開那段愛情的權利，可是她並沒有這樣做。我明白妳的心情，妳現在能做的不是繼續同情她，只要祝福她。」

他很認眞地化解我的疑惑。

我點了點頭，是啊，再怎麼可惜都已經過去了，那時候沒有善用權利，現在再說什麼都已經太晚了，只能希望接下來她在美國的生活可以一切順利。

「果然年紀大的人比較有智慧。」我喝了口水說著。

他不能認同地說：「妳確定我年紀比妳大嗎？」

「不是嗎？」他的臉看起來差不多三十五歲上下，所以我一直以爲他年紀比我大。他長得這麼老成，要是實際年齡眞的很年輕，上帝對他也未免太不公平了。

「我三十歲。」他說。

「我也三十。」我說，很驚訝他居然跟我同年，這也太扯了吧！

「我十一月生的。」他說。

「我九月。」可惡！我居然還大他兩個月，不過他比我成熟多了，我是指外表。知道我比他早出生一些時間，他一臉得意，笑得可開心了。

我看著他，忍不住想，是不是要叫八珍帶他一起去打個什麼，讓他的臉可以顯得年輕一點，我沒有說他醜的意思，事實上他五官非常立體，只是結合起來有點嚴肅，看起來比較成熟這樣。

而且他的臉就是很容易讓人誤解，覺得他很難搞。他第一次對我說話時那副冷冰冰的樣子我到現在還無法忘記，當時根本無法聯想到他會是一個性格這麼好的人。

我以爲「人不可貌相」這句話只適合用在我身上。

「妳這樣看我是什麼意思？」他突然認眞地問。

我尷尬地笑了笑，不是同情你的意思，是想給你一點建議，但我不敢說就是了。

「長得蒼老是我的錯嗎？」他非常正經地問我這個問題。而這個問題我也常常問自己。

我只好同樣認眞地回答他，「眞的不是你的錯，你不要怪自己。」

他洩氣地往後躺，「因爲妳，我第一次想怪自己。」

我忍不住笑了出來，他的樣子看起來眞的很委屈。不知道爲什麼，我腦子突然閃過他和丁曼安相處的情形，他們也是這樣嗎？那麼自在、那麼輕鬆？

「你和曼安是怎麼認識的？」我不知不覺問出口，我自己也很訝異。

他收起委屈的表情，想了一下然後說：「曼安？」好像不認識這個人的樣子。可是，他遇見她的時候明明打了招呼不是嗎？

「就是我們在醫院遇到的那個女生，我公司的主管。」我解釋了一下。

姚子默才恍然大悟地說：「啊，妳是說丁小姐嗎？」

我點了點頭，聽曼安的形容，他們應該對彼此很熟悉，怎麼現在姚子默給我感覺他們好像很不熟一樣。

「我和她是相親認識的。有個對我非常好的老師說要介紹朋友的女兒給我認識，所以就去了，不過眞沒想到她正好是妳主管。」他說。

我點了點頭，我也沒想到。

「單身太久了，所以我身旁的朋友和長輩都想盡辦法幫我介紹對象。我一個月相親吃的飯有四、五次，所以有時候連名字都記不太住，不然就是長相跟名字對不起來。」

我笑了笑，我從來沒有遇過這樣的困擾，就算是我單身的時候，我身旁也沒有什麼長輩，朋友也就八珍一個，她又一直覺得我不需要戀愛。

「爲什麼不談戀愛？」我問。

他笑著說：「我什麼時候不談戀愛了，我只想和我喜歡的女人談戀愛。」這句話聽起來很浪漫。

「一個月可以見那麼多女人，沒有半個喜歡的？」包括曼安？

他搖了搖頭，「我喜歡順其自然，太刻意總是感覺有點奇怪。」

「能選妃不錯啊。」我說。

他皺了皺眉頭，「妳是認眞的嗎？我很困擾好嗎？尤其是妳主管的熱情，把我們全急診室的同事都嚇到了。她最近常拿來很多食物，但我們都不敢吃，自從第一次吃到她送來的阿給和水煎包，大家都怕了，那味道眞的amazing。」

第一次看到他的表情這麼豐富，我忍不住大笑。

「沒想到能聽見妳這麼爽朗的笑聲，奇蹟。」他一臉讚嘆。

我收起笑容，很眞誠地對他說：「我先向你說聲抱歉，如果我知道那阿給和水煎包是要給你吃的，我一定會馬上阻止她。」

「但是妳沒有，所以妳欠我一次。」他這樣說。

「你這是在耍賴嗎？可是我何偌慈不吃這招。」我也這樣說。

「那妳吃哪招？」他突然這樣問，我啞口無言，不知道怎麼回答。

他看著我，我看著他，不知道該怎麼反應其實我可以隨便帶過，但他的表情太認眞，我愣住，只好乾笑了兩聲化解這奇妙的氛圍。「對了，你今天沒值夜班嗎？」

他收起認眞的表情，「沒有，這兩天不需要値班。」

然後我就不知道該說什麼了。

彼此沉默了很久，他突然起身對我說：「好了，我該回去了，妳早點睡。」

「好。」我回答，莫名地鬆了一口氣。

姚子默離開之後，我先到父親房間，看他睡得很熟，就安心回到二樓。準備去洗澡時，我的手機響了。

我以爲是姚子默來電向我報平安的，但不是，來電的是曼安。

「睡了嗎？」她聲音聽起來很焦躁。

「還沒。」

「妳明天一定要進公司，我不想再處理那些公事了，我想休息、我要休息，我不要再看那些報告和報表，再這樣下去我一定會瘋掉的。不想看我燒掉公司的話，妳一定要回來上班！」曼安說的話讓我哭笑不得。

到底是我家的公司還是妳家的公司？

「曼安……」我話都還沒有說完，她就馬上開口，「不管啦，看在我幫過妳的分上，這次換妳幫我，就這樣啦！妳明天一定要進公司，我要睡飽再進去。」

我不是幫了妳八年嗎？

我掛掉電話，開始厭倦這樣的曼安和這樣的工作。

手裡拿的行動電話又震動了兩下，是姚子默傳來的訊息，「我居然忘了幫妳換臉上的藥，明天只好擦兩次，先讓妳有個心理準備。」

我笑了笑，原本厭煩的心情，又因爲這句話得到安慰。

好吧，反正這個世界上誰的工作不累？如果大家都很累，那我又有什麼好抱怨的？

我只好這樣安慰自己，打起精神，準備洗澡睡覺，因爲明天很快就來了。

當我再睜開眼睛，已經早上七點半了。好幾天沒有好好睡覺，昨天晚上頭一碰到枕頭，我就幾乎進入昏迷狀態，連早上鬧鐘響了都沒有發現，後來是自己驚醒過來的。

下了樓，打開父親的房門，卻發現他沒有在裡面，我走到客廳也沒見著他，走到院子，才看到他拄著拐杖一拐一拐的，手中拿著噴水器在幫蘭花澆水。

「你行動不方便，要澆水可以叫我。」我看著他說。

他看到我，馬上轉過頭去，「不用，我自己可以澆水，免得妳又向妳弟告狀說我欺負妳或壓榨妳！」

「你是欺負我啊。」我很誠實地說，難道沒有嗎？大家都看見了不是嗎？

他馬上回過頭來瞪著我，我則是聳了聳肩，不以爲意地走出院子，姚子默的這個招牌動作，我得到了眞傳。

帶著勝利的感覺，我走進廚房做了簡單的早餐，再順便做了午餐放在冰箱裡。到院子叫父親吃早餐，他依然很倔強地回我，「我才不要吃！」

我已經懶得理他的壞脾氣，先回二樓換衣服打算去公司。

沒想到我再下樓時，父親已經坐在餐桌前吃著早餐。聽到我進廚房的聲音，他驚訝地轉過頭看我，「妳不是去公司了？」

我想回他：你不是說不吃？但我沒有，只在心裡偷笑，表情依然很冷漠地說：「午餐放在冰箱，你中午要吃的話，記得微波。」

他邊吃著早餐邊回答我，「誰要吃，我才不要吃。」

我走出家門，心裡開始後悔，後悔爲什麼以前要那樣和父親吵架，我爲什麼那麼蠢？爲什麼沒想到他竟然這麼好對付，我以前到底是在幹麼？跟他吵得你死我活，然後自己難過得痛哭流涕。

完全沒想到父親就是適合冷處理。

一進公司，我看到桌上那一疊足足有十五公分高的文件檔案和資料夾，原本的好心情馬上消失了一半。

八珍正在照鏡子，看到我來，馬上開心地衝過來抱著我。「慈！我想死妳了，一日不見如隔三秋，可是我感覺好像三十秋沒看到妳了。」

我掙脫她的八爪手，「妳少在那裡噁心了。」然後坐回位置上，嘆了口氣，把最上面的資料夾拿起來看，是南區上個月的業務報告。

八珍坐著椅子又滑到我旁邊，抽掉我手上的報告，「慈，錢經理眞的不做了嗎？昨天妳走之後，丁經理就叫人把裡面的東西全都丟掉，她好瘋狂，有錢人都這樣嗎？現在那間辦公室是全完淨空的耶。」

我看著那間被關起來的辦公室，好孤單。

「她不會再來公司了。」我說。

「天啊！眞的分手了喔？怎麼會這樣？那丁經理一定很爽吧！可是我看她這幾天也很崩潰啊！昨天還罵哭了好幾個人，有夠夭壽的。」八珍拉著我的手，不停和我分享她看到的。

她接著又說一句，「公司會不會倒啊？」

我沒好氣地瞪了一下她，「妳的煩惱眞的很無聊耶，這個世界上不會少了誰就會毀滅好嗎？妳有空拿時間去擔心這個，不如好好工作。」

「我都不能擔心一下嗎？我也很擔心妳啊！妳好久沒有跟我update妳的近況了耶，我們有多久沒有好好聊聊天交交心了？妳自己說。」她一臉委屈，好像我睡了他男人一樣。

「妳不用擔心我，我很好。」目前感覺是這樣，和父親的關係雖然沒有改善，但比起兩個人拿石頭互丟，我學會了讓自己柔軟地面對。偶爾還是會想起哲諺，不過次數越來越少，時間越來越短，反而是想起姚子默的時間多了點，畢竟最近是他陪我最多，不想起他也很難吧！

八珍聽完我的回答，就賊賊地笑著說：「很好吧，有愛情新的滋潤很好吧！還敢說我男友換得快，妳也是馬上分手就有新歡了啊！」

「妳少在那裡亂講，我們只是朋友。」我還把和姚子默認識的經過從頭到尾說了一次，好讓蔡八珍了解我的清白。

可是她根本沒有聽進去，笑得很三八地說：「妳少在那裡騙我，拜託一下好不好，我花了多少心血和眞誠，才讓妳了解我不是壞人，好不容易和我當朋友的耶！妳和那個姚先生才認識多久就是朋友了喔！何偌慈，妳要我喔？」

就是因爲她這麼難溝通，我們才得花很多時間變成朋友啊！不是人的關係，是智商的關係。

「而且他也太閒了，還去妳家照顧妳爸！要是他對妳沒有意思，我頭給妳。我看過的男人比妳多多了，他們不是要跟妳上床，就是要跟妳戀愛，但兩種都一樣，都是心懷不軌。對我來說，男女之間沒有純朋友這種關係好嗎？」她說得頭頭是道。

「我現在沒有心情去談戀愛，不要忘了我是多麼狼狽地和哲諺分手，妳都不記得了嗎？他給我的教訓太大了，我不想又有一個男人指著我說『要我還是要妳爸』。我這輩子都不想再經歷一次。」那種痛眞的太錐心刺骨，現實的血淋淋要用愛情來證實，太痛苦了。

如果要這樣摧毀愛情，我寧願孤單一輩子，至少寂寞不會痛。

八珍同情地看著我說：「慈，拜託妳不要這樣想好嗎？陳哲諺這樣，不表示每個男人都會這樣。我看那個姚先生臉是臭了點，但妳也臉臭啊，可是相處才知道妳人好，搞不好那個姚先生也可能是個天使。」

我忍不住笑了出來，他對我來說眞的是個天使。

「妳不要笑，我是認眞的，年紀不小了，反正不管妳有沒有愛他，還是他有沒有愛妳，妳都讓它變成事實就對了啦！」她對我的愛情眞的是關懷倍注又口苦婆心。

我從桌上拿了另一份檔案夾看著，不打算再理她，反正有理說不通，我現在只想工作、賺錢，這樣就好了。

「妳對我的關心反應這麼冷漠，都不會覺得很對不起我嗎？」她看到我沒理她，整個人又在一旁演戲。

我頭也沒抬地搖了搖頭。

她只好沒轍地回到自己的座位，不到兩分鐘，又滑到我旁邊。她還沒開口，我已經把檔案夾放下，非常不耐煩地看著她，「妳到底是有多少話要說啦？就跟妳說了我現在不想談戀愛，不想不想不想不想，妳耳朵是有多硬啊？」

八珍的表情像快要哭出來了。「人家只是想問妳臉上的傷有沒有好一點而已，而且我昨天去找護士幫我打針時，還請她幫妳拿去疤的藥，妳幹麼那麼凶啦！我都不能關心妳嗎？」把藥丟到我桌上後她就滑了回去。

看著桌上那瓶藥，我一肚子愧疚。

站起身走到她旁邊，我用著前所未有的溫柔對她說：「好啦！對不起啦！謝謝妳的關心，藥我回去一定會擦，我不是故意要凶妳的，因爲妳有時候都聽不懂人話，又欠人家罵，我才不小心大聲的啊。」

八珍斜眼看我，「妳這算是道歉嗎？爲什麼聽起來像在罵我？」

「是道歉啊！眞心誠意。」我拍了拍胸口。

「好吧！我原諒妳。」八珍轉過頭來對我說。看到她笑得一臉燦爛，突然覺得她好像眞的長得和原本不太一樣了。打玻尿酸什麼的好像眞的有差，但想到她不是在醫院打的，我不禁擔心起來。

我摸著她變厚的嘴唇，「我拜託妳別去打針了，這樣就可以了。」

她開心地說：「不一樣了對吧！我還要再去打兩次，我要去打鼻子，我希望我的山根和妳的一樣高。」

我忍不住嘆氣搖了搖頭，「妳爲什麼都不是希望像我一樣聰明？」

她馬上接著回答，「然後像妳一樣命苦？死都不要。」好吧，我可以接受她的理由，畢竟我這輩子最討厭聽的四個字就是能者多勞，能者就應該要早死嗎？

「還有，我接受妳的道歉，但妳要請我喝星巴克。」說她不聰明，又覺得她在某些時候智商大概有一百八。

「可以，但妳要先讓我完成桌上這一堆工作。」我說。

「OK，我給妳三個小時。」她說完，馬上回到電腦螢幕前假裝工作。她智商何止一百八，這狡猾程度簡直是智商一千八。

但值得高興的是，我得到完完整整、安安靜靜的三個小時，可以專心解決好幾天沒有進公司累積的工作。

「已經三個小時又十分鐘了。」八珍在我旁邊說。

如果她沒說，我都不知道時間像火箭一樣咻一聲就飛不見了。我從那堆工作裡抬起頭，知道如果我現在沒有去幫她買咖啡，從現在開始我是不用想好好工作的。

我認命地停下敲打的鍵盤，然後拿了錢包往星巴克前進。一開門，咖啡的味道撲鼻而來，我原本被工作搞得頭昏，這下總算回神了一點，只好閉起眼睛多吸幾口，啊！眞香。

「妳在幹麼？」

我嚇了一跳，趕緊睜開眼睛，卻發現姚子默的臉在我眼前，手裡還拿著一杯咖啡。我忍不住脫口問：「你怎麼會在這裡？」這一嚇，我晚上可能要叫蔡八珍帶我去收驚，她太常去算命，跟神明都特別熟。

「我來買咖啡啊！」他的語氣像是我問了很奇怪的問題。

我當然知道他來這裡買咖啡，我只是不知道爲什麼，全台北市那麼多間星巴克，我卻老在這裡遇到他，「這裡離醫院有點遠耶。」我說。

他無奈地笑著說：「但離我家很近啊！妳今天是怎麼了？傻傻的。」

我銳利的眼神看著他，從小到大還沒有人笑過我傻。

他連忙改答案，很狗腿地說：「不是傻，是天眞？是單純？是可愛？」

「你少來了。」我說。

「對了，我先看一下妳的傷口。」他把我拉到一旁，把咖啡放在桌上，準備拆掉我臉上的紗布。其實我覺得傷口不大，只是有一點深，又剛好在眼睛下方，所以感覺好像很嚴重。但一點也不痛，除非是用手去碰到，不然我有時候根本就忘了自己臉上有傷。

昨天晚上要洗臉時，我也是差點就衝動地把水往臉上潑，還好突然想到臉上的傷口不能沾水。

他靠近我，拆掉紗布的一小角。我看著他靠我很近的臉，認眞的表情看起來特別帥，他有著好看的嘴唇和高挺的鼻子，還有立體的五官，但它們很不團結。

「差不多了，好很多了，不過感覺起來會留疤。」他仔細地看著。

他的聲音讓我回神，我頓時自己一個人覺得不好意思，人家在幫我看傷口，我到底在想什麼？

「妳幹麼突然臉紅？不舒服嗎？」他幫我把紗布再貼好，兩手捧著我的臉，表情像在問著「妳發燒了嗎」？

我還沒來得及拍開他的手，旁邊又響起一道聲音，「你們在幹麼？」

曼安的聲音。

我用最快的速度和姚子默保持距離，抬起頭看著曼安，我發現她正以往常看錢麗芸的眼神看著我，這一瞬間，我不明白我爲什麼要覺得心虛。

「妳不上班在這裡幹麼？」曼安的語氣像是在教訓新人一樣。

「我下來買咖啡。」因爲她的態度不佳，我也只能冷冷地回她。

姚子默轉過頭看我，「妳快去買，我先回家了，晚點見。」

我點了點頭，轉身準備去買咖啡時，恰好對上曼安的眼神。我知道她現在對我非常不滿，我可以體會她的心情，昨天我才搖著頭說不會和她搶姚子默，我現在卻在這裡跟他有說有笑，她不爽是一定的。

但我並不想因爲她而和姚子默保持距離，我眞的不想。

我往前走到櫃台時，聽到後頭傳來姚子默和丁曼安的對話。

「我昨天晚上去過醫院，那些護士說你沒有上班。」曼安的聲音換了一個音調，又溫柔又開朗，好像剛剛完全沒看到我那樣。

「我昨天休假。」姚子默的聲音沒有什麼溫度。

「那今天晚上呢？你會去醫院吧！我去陪你吃晚餐？」曼安開心地說著。

「丁小姐，可能不方便，我今天晚上會很忙，明天晚上也會很忙，我一直都很忙，晚餐我習慣自己一個人吃。」姚子默在說謊，他明明就很閒。

不用回頭，我也知道曼安現在的表情會有多挫敗和無奈，「那我帶晚餐去給你吃？」她繼續不放棄地說。

姚子默馬上回答，「不用了，丁小姐，眞的謝謝妳的好意，不過以後請妳不要再送東西到醫院了，那是工作的地方，妳這樣太常到醫院會造成我的困擾，眞的很不好意思，先在這裡謝謝妳。」

「那……你什麼時候才有空？」我想曼安是眞的很喜歡姚子默，她是從小被捧在手心的公主，我從沒見過她這麼忍氣吞聲。

我的咖啡好了，我端著兩杯咖啡用手肘推開玻璃門，走出咖啡店。沒有聽到姚子默的回答，但我想我知道他會說什麼。

而曼安……我不敢想像。

帶著滿肚子的心事，我回到了公司。

把咖啡遞給八珍，她看到我的臉，很不爽地說：「慈，不過請我喝一杯咖啡，妳有這麼難過嗎？我才花妳一百多塊妳就捨不得，妳弟花了妳一百多萬，妳一句都沒吭。」

我沒好氣地看著她，再問一次我爲什麼要和她當朋友。

不到兩分鐘，曼安也走進辦公室。她從我身旁經過，頭也沒回地說：「偌慈，妳進來。」

八珍十分驚訝，「經理怎麼了啊？是沾到大便嗎？表情有夠臭的。而且她怎麼對妳那麼凶啊？」

這要解釋到讓八珍懂，可能又要花上三天時間。我在心裡嘆了口氣，走到曼安辦公室前，開門走了進去。她雙手環胸，面朝著窗外，背上好像冒出火燄一樣。

一關上門，她馬上轉身指著我，「何偌慈！妳剛才和子默在幹麼？妳不是說你們只是朋友，朋友會這樣摸臉嗎？」

她像在審問犯人一樣，讓我覺得非常不舒服。

「他只是在看我臉上的傷而已。」我冷冷地說。

「是嗎？那有需要摸妳的臉嗎？我就說過我喜歡姚子默，妳臉上有傷不能找別的醫生嗎？爲什麼要讓他看？」她怒火未消，還更嚴重。

我發現向她解釋是一件很累的事，所以什麼話都沒說。

她走到我旁邊，馬上換了張可憐的臉，「慈，我眞的很喜歡他，爲了我，妳難道不能和他保持一點距離嗎？」

我看著她臉上受盡委屈的表情。可惜看過她太多面貌，我已經分不清楚什麼是眞的什麼是假的。

她拉著我的手，眼淚掉了出來，「我第一次這麼喜歡一個人，他和別的男人不一樣，不因爲我家有錢就討好我，不因爲我長的漂亮就對我有特別待遇，我好不容易遇到一個這樣子的人，妳難道不能幫幫我嗎？」

我知道，姚子默眞的很好，我可以理解曼安爲什麼會喜歡他，因爲連我……都好像會喜歡他一樣。

我看著她，不知道該說什麼。我第一次看見曼安的低姿態，然而工作上的忙我可以幫，感情上的事，是誰都幫不了的。

「妳加油吧！」我這樣說，轉身離開辦公室。

這個世界上，沒有人可以幫你戀愛、失戀、快樂、幸福、痛苦和難過，那一切的一切，只能靠自己去完成。

第十章

有時候，我們不相信愛，是因爲愛狠狠傷過我們，但我們從來沒去想，那不是愛的問題，而是給你愛的那個人，其實一直用著錯的方式在愛你。

和曼安談完話，我也沒心情繼續工作，我想出去透透氣，這鬱悶的心情需要解套。我隨便整理了一下，轉過頭告訴八珍我要去巡櫃點。她知道我從曼安辦公室出來之後表情就變了，也不敢再多問。

「好，那妳路上小心，有什麼事隨時打電話給我，我一定義不容辭兩肋插刀衝到妳身邊。」她交代著，我感謝她今天沒煩我。

走出公司，我搭上捷運。走到百貨公司門口時，迎面而來的是哲諺的媽媽，旁邊還有一位漂亮女孩勾著她的手，笑得很開心，哲諺則走在那位女孩旁邊，一臉很幸福的樣子。

然後，我們看到了彼此。

哲諺的媽媽先是臉色一驚，後來也假裝若無其事地走過我身旁。我依稀還聽到那個漂亮的女孩稱讚哲諺媽媽穿紅色的衣服最好看，這就是哲諺媽媽要的，那種笑起來溫暖又可愛的女孩，而且她很會說話。

我的眼神再和哲諺對上。他尷尬地看著我，我卻出奇地平靜。我給不起的，就讓別人來給，這是天經地義的事。既然幸福，爲什麼需要覺得尷尬？我一點都不尷尬。從他身旁走過去，沒有打招呼，因爲沒有必要，他需要跟上他的新女友，而我則需要繼續往前走。

不到一個月的時間，站在他身旁的人已經不是我，但我不難過了。

我沒後悔和他一起經歷過的那四年，我也快樂過，我也幸福過，只是時間拉長，我們對未來的認知起了變化。他沒有錯，我也沒有錯，時間更沒有錯，它只是誠實了一點。不能一起走到最後很可惜，但有更適合他的人陪他一起走，那才不遺憾。

那些痛苦和迷惘已經過去了，分手不再是拚得你死我活、你輸我贏。我學會祝福，因爲不愛、不恨了，才是眞正的分手。

我忍不住微笑起來，成長這件事眞的沒有極限。

不知不覺，我又和一個月前的我不一樣了。那些心境上的變化，只有自己才會知道。

一到櫃上，佩佩就苦著一張臉，「偌慈姊，怎麼辦，業績好差喔！妳看看這裡根本是空城，都沒有人來逛。再這樣下去，這個月怎麼辦啦？」

「別擔心，盡力就好，我回去會再努力看看可不可以做什麼活動，增加買氣。」有些時候就是不能勉強，平常櫃點太忙我也會來支援，客人的各種狀況我也很清楚，可是越想把東西賣出去就越賣不好，放鬆一點反而比較好。

佩佩安心地點了點頭。

「偌慈姊，聽說錢經理離職了喔？」她問。

我點了點頭。

「所以她眞的跟董事長分……」發現我盯著她看，她話還沒說完就停了下來。我知道大家都在猜，大家都在問，但知道這些到底對自己有什麼幫助，錢麗芸跟董事長分手了，大家會加薪嗎？還是年終會多兩個月？

既然都沒有，爲什麼一定要知道？

佩佩感受到我的殺氣，趕緊閉上嘴，走到一旁去摺衣服，開始裝忙。我嘆了口氣，實在是不願意用這種表情對待別人，但有些沒必要的好奇心眞的可以收起來或丟掉。

手機在這個時候響起，解放了佩佩和我。

「是我，妳下班了嗎？」姚子默問。

我看了一下手錶，沒想到居然又是晚上七點多了，啊！我得快回家準備父親的晚餐，一邊加快腳步，一邊回答，「嗯！準備要下班了。」

「伯父說他想吃火鍋，所以我帶他出來。需要過去接妳嗎？我現在在市民大道這裡。」

又來了，「我爸又打電話給你了？」我不開心地說。

「嗯，我剛剛接到他電話的。妳還在公司嗎？」他的語氣越輕鬆，我就越覺得不好意思。我和姚子默只是朋友，但他爲我做的，已經超過朋友所該做的太多了。

我爸眞的是……都不曉得害羞兩個字怎麼寫嗎？

「沒有，我在忠孝西路這裡。」我說。

「那很近，我過去接妳。」姚子默很堅持。

站在和他約好的地點，他沒有讓我等很久，車子很快就停到我面前。父親坐在前座，我開了後座坐進去，因爲父親的關係，我完全不想講話，我很生氣，一直這樣麻煩我的朋友，他難道不會覺得不好意思嗎？

姚子默看了我的表情，沒有說什麼，只是笑一笑。吃飯時，父親和他兩個人聊得很開心，我是有一口沒一口地吃，想著該怎麼教育父親，請他以後直接打電話給我，而不要老是打擾姚子默。

這個人也太不會拒絕人了吧！我忍不住瞪了他一下。

發現我的眼神，他表情無辜地看著我，露出疑問的表情。我轉過頭不想理他，他夾了塊肉放在我的碗裡，我又瞪了他一下，人這麼好幹麼？他皺了皺眉，用眼神問我發生什麼事了，我忍不住用鼻音哼了一下。

父親在一旁看著，「你們在幹麼？」

姚子默回過頭笑著說：「沒有。」

父親則又一臉理所當然的表情看著他，「我想吃玉米。」姚子默就起身去幫他拿，父親還在後頭喊，「還有金針菇啊！」

姚子默一離開，我就忍不住發飆，「你要吃飯可以打電話告訴我，而且我也會幫你準備晚餐，你不要一直打擾他，人家是醫生，工作很忙的，又不只是只照顧你一個人。」

父親也生氣地對我說：「是他說隨時可以打電話給他的，而且我幹麼找妳，我就是餓死也不想打電話給妳。」

我被父親氣到什麼都吃不下。

姚子默回到位置上，看到生氣的我和父親，他整個人也不知該如何是好的樣子，有點手足無措，我眞的對他很抱歉。

消化不良地回到家，父親說他吃太飽要先去睡一下，客廳只剩下我和姚子默，他轉過來看我，嘆了一口氣，「妳別生妳爸的氣。」

我看著他說：「那我生你的氣？」

他一臉驚慌，「那也不需要。」接著走到我面前，「我知道妳在想什麼，妳不必對我覺得抱歉，我說過，人都有選擇權，妳爸打電話給我，我可以拒絕，但我沒想要拒絕，我覺得這沒有什麼，所以妳不要覺得這成爲我的負擔了。」

「但事實上，以我們的關係，你根本不需要做到這個程度啊！」我說。

他在我面前笑了一下，「那要什麼樣的關係，才可以做到哪個程度？妳告訴我。」

他的笑彷彿有另一種涵意，但我解讀不出來，只覺得他笑得很迷人。

我看傻了，完全不知道怎麼回答，只能站在原地，求神解救我。

他看我沒有反應，接著說：「妳不要給自己那麼大的壓力好嗎？不要覺得所有事都是妳應該做的，適度接受別人幫助不好嗎？讓自己輕鬆一點好不好？」

「我不想依賴別人。」我說，因爲接受會變成習慣，姚子默對我好這件事，我也會變成習慣，然後就會陷在那個習慣裡面。有一天萬一失去了，我又要重新習慣，我不想這麼做。

如果可能會失去，那麼不如一開始就習慣靠自己。

他忍不住無奈地皺起眉頭，「那試著不要把我當作『別人』。」這句話的意思有太多解釋，我不知道該怎麼定義它。

他看著我，等待我的回應，但我愣在原地，給不出答案。

幸好這時他的手機響了。那股圍繞在我們身旁硬邦邦的氣氛被鈴聲給敲碎，我終於能夠正常地呼吸，有一種活過來的感覺。但他沒接手機，把電話切斷了。

「是醫院來電嗎？」我問。

他搖了搖頭，「不是，是丁曼安。」

聽到她的名字，我整個人清醒過來，我沒忘記下午曼安哭著對請求我，然後姚子默的手機又響了，他還是沒有接。

「爲什麼不接？」我問。

「我爲什麼要接?」他說。

我嘆了口氣,「曼安……她很喜歡你。」她打了那麼多通電話,卻得不到姚子默的回應,現在應該難過得在流淚吧!

一聽到我的話,姚子默表情變了,回到第一次我見到他時那冷冷的樣子,「我知道,但我對她沒有感覺。感情不是因爲對方喜歡你,你就一定得要喜歡對方。如果我說我很喜歡妳,妳會喜歡我嗎?」

我抬起頭看著他,腦子裡不停重複他剛剛說的那句話:如果我說我很喜歡妳,妳會喜歡我嗎?如果我說我很喜歡妳,妳會喜歡我嗎?會喜歡嗎?還是不會喜歡呢?會喜歡嗎……

好像會。我被自己心裡面跑出來的答案嚇了一跳。

他看著我,用著很認眞的表情對我說:「我知道妳現在沒有心思談感情,妳經歷過什麼,我都看見了。我不想給妳壓力,只希望妳開開心心的,這樣我也會很開心。如果妳不喜歡我也沒關係,那是妳是的選擇,但不要把我推給別人,那很傷我的心。」

第一次見到他這麼無奈的樣子,我很難過。

「我……」我才想解釋點什麼,他就又開口了。

「我先幫妳換藥，已經兩天沒換了。這兩天應該沒有碰到水吧！」他強顏歡笑，用著又僵又不自然的表情，假裝什麼都沒有發生的樣子。

我點了點頭。

他把我拉到沙發上坐，然後從包包裡拿出簡單的包紮工具。他先拆掉我臉上的紗布，開始幫我重新上藥。他無奈的表情在我的眼前放大，看到他眉間緊緊皺著，那一刻，我好想伸手幫他撫平，就像他總是釋放我的悲傷一樣。

但是我不敢。

上好藥，他收拾了工具，對我說早點休息之後就離開了。

我則是回到房間，躺在床上，拿起手機，打好的訊息刪掉又重打，不停地反覆。很想和他說說話，又不知道該怎麼說，一直翻來覆去，直到凌晨三點左右，我眼睛依然睜得大大的，想對姚子默說的話都消失了，只想對著天花板大吼。

媽、的，愛怎麼那麼麻煩。

然而更麻煩的是，我直接一覺睡到早上十一點才起床。我衝下樓時，父親正火大地看著我。我看見客廳桌上有一瓶喝光的礦泉水，和一包吃了一半的洋芋片，他應該餓翻了。

「妳對我不高興也不用這樣，不想做早餐妳可以直接講，我會自己想辦法，腳再瘸我都會爬著去。」父親氣得邊說還邊噴了口水，可見他有多生氣。

我轉身走進廚房，幫他煮了一大碗麵端到客廳給他。他瞪了我一眼，就馬上拿起筷子開始吃起麵來，「你慢慢吃，不要噎到。」我說。

他停下筷子，沒好氣地看著我，「妳不要惹我生氣，我就不會噎到。」又噴了口水，我忍不住笑了出來，他又狠狠瞪了我一眼。我聳了聳肩離開客廳，回房間換衣服準備去公司。

聳聳肩，我又想到了姚子默，接著又不知不覺嘆一口氣，然後慢吞吞地換好衣服。出門時，父親已經吃完麵躺在沙發上睡著，我拿了條毯子幫他蓋上後才出門。

一到公司，八珍就拉著我，「妳怎麼那麼晚啊，丁經理一大早就進來，一直要找妳，出來問了我兩次，臉不知道在臭個什麼勁，我又沒欠她錢。」

但她覺得我欠她。

「妳和丁經理還好吧？我看她最近對妳都沒有在客氣的樣子，看了就討厭。」八珍一臉擔心地看我。

「沒事啦！妳不要想太多。」我安慰著她，她幫我把包包拿到位置上，我則是直接進去丁曼安的辦公室。

她坐在椅子上，沒開電腦，桌上也沒有任何東西，就只是這樣坐著，手撐在桌上抵著下巴。

「妳找我？」我問。

她點了點頭，我看不出她臉上的表情。

我站在她面前，她深吸了口氣站起來，然後對我說：「偌慈，妳知道公司最近要在大陸設廠的事吧！」

「嗯。」我回。

「那裡需要人手，我決定讓妳過去幫忙，因爲妳最適合，我比較放心。」第一次聽到她擺出經理的架子說話，讓我覺得非常陌生。如果我沒記錯，大陸設廠的事，她從來沒有關心過。

但我沒辦法放父親自己一個人在台灣，「可能沒辦法，我父親需要照顧。」除非曼安願意在他喝醉酒時去醫院帶他回來，幫他清理嘔吐物，那我可以考慮看看。

「偌慈，我知道妳父親需要照顧，但這是公司的意思，我也沒辦法。」曼安一臉愛莫能助的表情對我說。

但我覺得這並不是公司的意思，是她的意思。

「如果公司一定要我去大陸，那我也只能夠辭職了。」我也用一臉愛莫能助的表情對她說。

她馬上換了一張臉，「妳這是什麼意思，妳怎麼可以說辭職就辭職，妳不要忘了當初我是怎麼幫妳的？妳不知道感恩兩個字怎麼寫嗎？」

曼安的話，完全抹殺我對這間公司八年來的付出。

「妳對我的幫助，我一直都記在心裡，我爲妳、爲公司做的已經夠多了。」我心寒地回答。

「是嗎？如果眞的爲公司好，爲什麼不願意去大陸？」她並沒有聽進我的話，語氣聽來像是我說了天大的笑話。

我看著曼安，心不只涼了半截，「妳要我去大陸眞的是爲了公司好？還是爲了妳自己好？因爲姚子默的關係，所以妳不讓我繼續待在台灣？」我希望她反駁我，這樣我才有力氣說服自己，我這幾年來的盡心盡力沒有白費。

曼安聽到我的話，臉上的神情先是一慌，但隨即就像豁出去一樣，她直接打破我的幻想，「是啊！那又怎樣，我就是不想看到妳在姚子默旁邊，我知道姚子默對妳有意思，我不是白痴，我看得出來。但那又怎樣？我不在乎啊！只要妳去大陸，他對再怎麼對妳有意思也會放棄。」

謝謝她這番話，我完全清醒了過來，不再陷入對她的迷思中。該回報給她的，我已經一滴不漏地還完了，接下來，我不再欠她什麼了。

「我不會接受。」我說。

曼安像個吃不到糖的小孩，手一揮，掃掉桌上的電話，生氣地對我說：「何偌慈，妳根本就是個忘恩負義的人。當初我問妳會不會跟我搶姚子默，妳還搖頭說不會，妳現在憑什麼跟我搶姚子默？」

原本以為把愛情搞得一團亂的我已經很可悲了，但根本不懂愛是什麼的曼安更可憐。這一瞬間，我心中對她的怒氣完全消失，她不懂愛，是環境造成的，沒有人教過她，感情是要用心付出，不是用搶的。

如果感情可以用搶的，力氣這麼大的我，又怎麼會跌了這麼多次跤？天真的曼安什麼時候才會明白？

「妳這樣看我是什麼意思？」她火氣更大地推了我一下。

我腳步不穩，跌在地上，她依然很生氣，指著我說：「妳沒有選擇的權利，我叫妳去妳就是要去。」

我緩緩起身，手掌有一點磨破皮，我卻一點都不覺得痛，反而全身再也沒有束縛似的，我帶著微笑看曼安，「我是有選擇。不管要不要去大陸，我都會離開公司，不管妳要不要搶姚子默，我都會喜歡他。」

原來，我眞的喜歡上了姚子默。

我的話好像把曼安逼到了絕境。她用對待錢麗芸的方式對待我，可以往地上砸的東西，她一件都沒有放過。我看著她不停發洩，東西那些何其無辜，拿去送給需要的小孩或家庭多好。

已經丟到沒有東西可以丟的時候，她坐在地上開始大哭。我抽了兩張衛生紙給她，她撥開我的手，「妳滾，算我白養妳這條狗，這個時候居然咬我一口。妳以爲公司沒有妳就不行嗎？我不會放棄姚子默的，有本事妳就等著。」

我嘆了口氣，幫她擦掉臉上的淚水。「曼安，要不要放棄姚子默那是妳的選擇，我沒有權利干涉。不過，那個晚上妳帶我回家，笑著對我說不要擔心，表情就好像天使一樣，我這輩子都不會忘記。謝謝妳幫過我的那些，我都會記在心裡。」

她再次撥開我的手，「誰叫妳記住的？滾，滾出我的公司，這輩子都不要讓我再看到妳。」

我站起身走出辦公室，留下繼續坐在地上哭的曼安。用這樣的方式結束，我眞的很遺憾。

回到位置上，我整理了自己的東西，只把重要的帶走，其他的就交代八珍幫我拿去丟掉，一回頭，她已經哭到不能自己。

「幹麼啦。」看到她滿臉鼻涕和眼淚糊在一起，感覺好髒。

她哭得口齒不清地說：「雖然我常叫妳離開公司，但妳眞的要離開，我爲什麼那麼想哭？哎唷！沒有妳的公司，我會孤單寂寞冷，沒有妳的八珍，也會孤單寂寞冷。」

我忍不住笑了出來，「那妳常來我家，我會幫妳取暖。」

接著她又抱著我哭了好久，久到我開始覺得吵，「離職單我會寄到妳信箱，再麻煩妳幫我跑流程。」

她抬起臉，然後點了點頭。

我看了一眼坐了八年的位置，然後轉身離開公司，沒有什麼好留戀了，夠了，該努力、該完成的，都好好地做過了，接下來我要面對的是新的開始。但在這之前，我打算先好好休息幾天。

忙了八年，最長的一次假期只連休了三天，現在眞的可以放大假了。不過，要是父親知道我丟了工作，大概又要發火罵我，「妳不工作怎麼匯錢給妳弟？」我嘆了口氣，開始做好心理準備。

回家前，我到超市買了些菜，打算做些簡單的家常菜，東西都買了三人份，姚子默在我的名單內。我一直以爲他會打電話給我，但整天下來手機卻無聲無息，偶爾是八珍傳來簡訊，說她孤單寂寞冷。

我只好一個一個刪掉。

飯煮好了，菜也上桌了，姚子默還是沒有打電話給我。我看著手機發呆，父親拄著拐杖走到餐桌旁，一臉像在怪我飯菜煮好了沒叫他的樣子，而且看得出他非常餓了，我只好默默幫他添碗飯，放到他的座位前。

他拿起筷子，在吃第一口前問我，「子默怎麼沒來？值班嗎？」父親一臉疑惑地問我。

我沒回答，我想不只我習慣姚子默，連我父親也習慣姚子默了。

吃完飯，父親自己一個人下一盤棋，一臉無聊地移著棋步，我則是拿著八珍給我的藥膏，對著小鏡子拆掉紗布，試著要自己上藥。

「子默今天不來嗎？」父親再問。

我搖了搖頭。

他又看著手拙的我說：「不會自己換藥就不要換，叫子默幫妳弄就好，不要以後留疤說是我的錯。」

本來就是你的錯，是你拿鞋子丟我的耶。

父親受不了地站起身，「無聊死了，我要進去睡覺了。」留下我一個人在客廳。

我看著我的傷口，然後想著姚子默，頓時身體完全失去了力氣。好一個何偌慈，終究又把自己丟進另一個感情洞裡，真的是成事不足敗事有餘，不是說不要談感情嗎？不是說不要花心思嗎？

可是，感覺來了，我又能怎麼辦？

我也不想換藥了，再把紗布重新貼回去，回到二樓，不停地生自己的氣，不停地罵自己笨，但越罵腦子裡就越想起姚子默，結果就失眠了。

接著，就這樣失眠了好幾天。

我昨天晚上又沒有睡好，躺在客廳沙發上補眠。父親把蘭花澆過水之後，從院子裡走了進來，拿著拐杖打了一下我的腿，「去樓上睡，在這裡看了礙眼。」

我緩緩睜開眼睛，對著他說：「那你回房間。」

他氣得坐在沙發上，「我不要，這裡是我家，我想怎樣就怎樣，我叫妳上去妳就上去。」

「我不要，不然你打死我好了。」我淡淡地說。

自從那個晚上過後，我就沒有再看到姚子默了。後來雖然我鼓起勇氣試著撥他手機，但都直接轉語音信箱。父親也好久沒有喝酒了，他沒有去急診室鬧，我也沒有理由去醫院，雖然我有幾度想要放酒在家裡，但爲了一個男人這麼做，我還算是人嗎？

因爲太想他，以致於我全身無力，孤單寂寞冷。

我的回答讓父親沒轍，他氣得又用拐杖輕輕打了一下我的腿，接著說：「妳爲什麼都不去上班？都幾天了，每天待在家幹麼？妳被辭掉了嗎？妳不賺錢怎麼匯錢給弟弟？」

「我會賺，我去援交。」我淡淡地說。

然後我又被父親打了一下，「女孩子講這種話能聽嗎？出去不要說妳是我女兒。」

我懶懶地看了父親一眼，「你有把我當女兒嗎？」

父親突然語塞，然後眼神瞟來瞟去。如果我沒看錯，他那是臉紅了嗎？他馬上轉移話題，「爲什麼子默那麼久沒有來？」

一聽到他的名字，想到這幾天的思念，無名火燒了上來，「誰知道啊！不來就不來啊，隨便他啦！」我眞的聽膩他手機裡那個女人的聲音，您撥的電話沒有回應……

每次都很想對著手機吼，「知道啦！」

父親看我那麼激動也跟著生氣起來，「妳現在是對我發脾氣嗎？你們吵架關我什麼事？自己的男人自己不好好顧，來跟我生氣幹麼？沒人陪我下棋講話我才想生氣咧！」說完就離開客廳，回到他自己的房間，還給我甩門。

這全都是姚子默的錯。

我就說不要依賴人，我就說靠自己最好，習慣這件事就是會害死人。我氣得閉上眼睛，什麼都不想再去想。

放在桌上的手機響了，我趕緊坐起身馬上接聽，很怕錯過任何一通姚子默的來電，但電話那頭卻傳來一道男人的哭聲，「姊，我現在被人抓走了，他們要殺我，姊！我好怕，妳快來救我。」

我的開心被這個哭聲完全澆熄，語氣沒有任何溫度地說：「何照雄，你在哪裡？」

「我在一個很陰暗……」他還沒講完，我就冷冷地出聲，「何照雄是我爸，你也叫何照雄？」

我和電話那頭的人靜止了三秒，之後電話就傳來嘟嘟嘟的聲音。想騙我？請去重新投八次胎再來試看看。心情已經夠差了，還有詐騙集團來摻一腳，我忍不住討厭起這個世界。

爲什麼要這樣對我？

才在心中吶喊完，不到一分鐘，手機又響了。我趕緊接起來，對方支支吾吾地說：「那個……我，就是……」又來一個沒有聽過的聲音，今天詐騙集團怎麼那麼愛我。

「不管你是誰，請你們把我的手機號碼從你們的通訊錄刪掉，不要再打電話來了，只是浪費電話費，我不會上當的。」說完，準備掛電話時，對方又出聲了。

「何小姐，那個……我是八珍的男朋友。」

聽完對方的自我介紹，我再把話筒移到耳邊，只見一次面的人突然來電，眞的很奇怪，不會是兩個人又分手，蔡八珍又在那裡要吵著去隆乳了吧。「怎麼了？你們兩個吵架了？她在哪裡？又吵著要隆哪裡了？」我問。

「不是啦，是她住院了。」八珍男友說。

我趕緊換了衣服，向父親交代一下要出門後，就坐了計程車往醫院去。抵達時，看到好熟悉的醫院大門，沒想到今天居然是來看八珍，而不是來帶我爸的。

八珍的男友說八珍昨天跑去打了會變美的針，結果晚上臉部開始一大片紅腫，從鼻頭到臉頰都腫了起來，痛到睡不著，早上來醫院看診，才知道感染了蜂窩性組織炎，現在可能要住院幾天。

就叫她不要隨便亂打針，貪小便宜的下場就是這樣。我氣得往她的病房跑去，她男友正坐在病房外的椅子上，眼睛紅腫，好像哭過。

我慢慢走到他面前問：「你還好嗎？」他看起來很不好，聽到我問「你還好嗎」，眼眶裡馬上蓄滿淚水。這麼感性的人實在不適合跟八珍在一起，只會被她氣死的。

他搖了搖頭，眼淚從眼角滑落，我一看，嚇了一跳。我並不是沒看過男生哭，某一任男友和我分手時也哭得很慘，但我還是很不習慣面對男生的眼淚，手足無措地看著他。我聲音很僵硬地說：「你先不要哭，八珍她沒事吧？」

他哭得更大聲了，連經過的病人都在看我。我看著天花板，忍不住嘆一口氣，決定不等他告訴我答案，打算直接進去病房。但八珍的男友拉著我，哽咽地說：「都是我不好，我只是隨口說安潔莉娜裘莉的嘴唇很性感，我沒想到她會跑去打那些針。其實她這樣就很可愛了，我每次跟她說她都不相信，現在她覺得自己很醜，要跟我分手，我不要分手啊！」

我看著這個男人，他的眼淚是眞的，他的難過是眞的，他說的話是眞的。我相信他，因爲我在他身上看到了眞誠，即使他在哭，都能看出他的眼神是那麼地堅定。

「確定不分手？」我問。

他點了點頭。

我要他坐在外面等，就怕讓他跟我進去會看到太火爆的畫面。不好好教訓蔡八珍怎麼對得起全世界？走進病房，看到八珍原本的小臉左側全都腫起來，眼睛變瞇了，鼻子也歪歪的，她正坐在病床上哭。

看到我來，她驚訝得馬上低下頭不敢看我。

看到她這個樣子，我則是心疼得不得了，那該有多痛？我又難過又生氣地對她吼著，「開心了吧！打得開心嗎？還要打嗎？還是現在開始存錢去整型，整張臉換掉比較快？但是更快的是重新投胎，妳覺得呢？」

她哭得越來越大聲，我眼眶也忍不住紅了，走過去抱著她，「不要再這樣對妳自己了好不好。」

她在我懷裡點了點頭，然後輕輕摸著她受傷的那張臉，難過地說：「我現在是不是很醜？」

我悄悄抹去眼角的淚水，低下頭看著她，「非常醜，醜爆了，但是妳這麼醜，外面還有一個更醜的。有個哭得比妳醜的男人告訴我說他不要跟妳分手。」

聽到我的話，八珍哭得更傷心了，「我這麼醜，他只是同情我。」

我忍不住嘆了一口氣，「蔡八珍，妳戀愛到底都談到哪裡去了？該把握的不把握，妳自己都看不出來這個男人對妳很眞心嗎？」

八珍抬起腫得像八戒的臉，很認眞地問我，「那他走了嗎？」

我點了點頭，她又開始大哭。

我看著她的眼淚，想著愛情爲什麼都需要口是心非，明明喜歡的，卻要把它推得很遠，跟我一樣，用很多理由來告訴自己，我不需要愛，但事實上，我比任何人都渴望。

我把我的愛不知道推到哪裡去了。

而八珍的至少還在門外。她依舊坐在床上哭，我走了出去，現在要安慰她的人不是我，我和坐在外頭哭泣的男人交換眼神，他走進去，換我坐在病房外的椅子上想哭。

可惡的姚子默，變得像白痴一樣的何偌慈。

「偌慈，妳怎麼在這裡？」那個可惡的人正在蹲在我面前，帶著微笑，若無其事地看著我。

我抬起頭，看見他如同以往沒有改變的表情。什麼事都沒有的這個人，我這個這幾天很多事的人一對比，我突然覺得我不只是白痴，簡直是白痴界的奇蹟，這幾天我到底在幹麼？

我站了起來，沒有理他，打算離開。

他從後面拉住我，「怎麼啦？發生什麼事了？」

我甩開他的手，「沒事！」然後繼續往前走。

他又拉住我，把我轉向他，「妳明明就有事。妳怎麼會在這裡？是哪裡不舒服嗎？」他緊張地看著我問。

「你這幾天爲什麼都不接手機？」我生氣地問。

「我去新加坡參加研討會，早上才回到台灣，我剛過去妳家找妳，妳爸說妳不在啊。我還和妳爸下了一盤棋，想說要等妳回來，結果等不到，只好來上班。」他一臉莫名其妙地解釋著。

「你去我家？」我重複了一次，想到他一回台灣就去找我，心裡就暖暖的。

他那張笑得很僵的臉，終於又在我眼前出現，雖然很不自然，我卻好想念，很努力地看著他，想要補回這幾天沒看到的分。

「我本來是打算不去，但很想見妳，就還是去了，妳不要覺得有壓力。」他馬上擔心地說。

「我沒有覺得有壓力。」我回。

他嘆了一口氣，認眞地對著我說：「其實我這次出去想了很久，我不該那麼快把我的感覺告訴妳，造成妳的負擔。」

「我不覺得有負擔。」我該說他眞的太善解人意，太體恤我了嗎？在對我說他喜歡我之後，又告訴我他不應該這樣做。

「偌慈，妳不要安慰我，不管怎樣，我會等到妳想戀愛的時候再說，所以妳不要想太多，我不想妳逼自己。」

「我沒有逼自己。」我再說，完全被他打敗。

他看著我，我也看著他，我正期待著他告訴我說他眞的很喜歡我，想要跟我在一起，我一定會很大聲地對他說好，因爲我需要的愛，是他給我的。

但他對我說：「我會盡量克制自己不要太喜歡妳。」

現在是什麼狀況？

我忍不住笑出來，然後摸了摸他的頭。我今天才知道，他除了很有智慧之外，還傻得這麼可愛。

他看我突然笑了，瞬間也一頭霧水的樣子，搞不清楚這是什麼狀況。

「好。」我對他說。

我拍了拍他的臉頰，然後帶著微笑離開醫院，留下他不停在我背後喊著我的名字。

我微笑，是因爲我學到了愛情的另一個模樣，不只是一句我愛你，而是那顆眞正爲你著想而且包容的心。

我微笑，是因爲我知道姚子默只會越來越喜歡我，我不是對自己有信心，我是對他有信心。

我是個需要愛的人，而姚子默愛我的方式，我剛好很喜歡。

尾聲

過了今年生日，我就三十二歲了。

兩年，七百三十天的時間，在我連眼睛都還沒來得及眨一下時，兩年就這麼過了。七百三十天可以改變一個人，也可以改變很多事。

比如八珍，她在蜂窩性組織炎痊癒之後，就馬上決定結婚。我問她，「不會太快嗎？」她衝著我說：「是妳叫我好好把握的耶！」我還能說什麼？她第一次這麼聽我的話，我難道不應該贊成嗎？

她也非常把握時間，兩年內生了一個兒子，現在又懷了個女兒。她現在每天吃豬腳和青木瓜，她說胸部的遺憾只好交給女兒來彌補。時間改變了她的身分，卻沒有增加她的智商。

弟弟去年也從加拿大回來了，剛入伍當兵半年多，只要放假都會回家。現在管父親最多的人不是我，是弟弟。他碎碎唸的功力極強，有時候父親都不得不向我求救。老弟說他是在幫我報仇，所以我很開心地睜一隻眼閉一隻眼，任由他教育父親。

我珍惜和弟弟相處的時間，因爲他退伍後，會再回去加拿大，那裡有個高薪工作在等他。

原本以爲和錢麗芸就這樣再也不會見面了。可是前一陣子到美國出差時，當地的客戶帶我們去吃中式料理，沒想到她正是那間餐廳的老闆娘。當時我們看到彼此，沒有尷尬也沒有突兀感，反而有一股淡淡相惜的心情。我們互相擁抱，聊了一整個晚上。

她很滿意現在的生活，即使她只有一個人。

而曼安那邊，則是從同業的人那邊聽說她把家裡的公司賣掉之後，就到紐西蘭去了，不曉得在幹麼。有人說她在當人家的小老婆，有人說她在那裡創業虧了一大筆錢。不管如何，我都希望她可以過得很好，而這一切都只是個聽說。

我和父親依舊是那樣，沒有特別好，也沒有特別壞，他一樣三不五時想吼我就吼我，想生氣就生氣，但我還是一樣冷處理，常常把他氣到說不出話來。讓他這麼難過，我覺得很不好意思，但那個不好意思通常只維持一秒。

至於姚子默也還是一樣。

一個星期七天，他至少有五天是睡在我家的客廳沙發上，連今天晚上是除夕夜，他也一樣在我家。問他爲什麼不回家過年，他說他爸爸去上海找叔叔，媽媽和朋友去了香港，我只好收留他。

他正和父親下著棋，兩個人又開始吵架。我在廚房輕咳了兩下，他們吵架的聲音立刻消失。每次一下棋就這樣，總有一天，我一定要把那些棋拿去丟。

弟弟走到我旁邊來，「姊，我幫妳擦碗。」

我點了點頭，我這個弟弟真是沒什麼好挑剔的，又高又帥又體貼。

我洗著碗，他在一旁擦碗，然後用手肘頂了我一下。我轉過頭去看著他，「怎麼了？」

「妳和子默哥現在到底是什麼狀況？」弟弟只要放假回來，最關心的就是我和姚子默到底在一起了沒。

當然還沒啊！

我一直在等他問我「妳準備好了嗎」，這一等就等了兩年。他的善解人意真讓人不知道該笑還是該哭，他說不給我壓力，就真的完全不給我壓力，說不給我負擔，就真的完全沒給我負擔，就只是一味地對我好，卻從來不要求我的愛。

其實我一直在等他。

「就朋友啊！」我隨便帶過。

「是喔？只是朋友啊！那子默哥有沒有跟妳說他們醫院來了一個新護士超正的？上次我放假不是幫妳送午餐去給他嗎？那護士裙子超短，腿超美，好像才二十二歲，而且聽說她對子默哥很有意思。」

「很好啊！」我又口是心非，忍不住有點擔心，姚子默應該不會這麼下流吧！

洗個碗洗得我心事重重，好不容易整理好，我走出廚房，父親和姚子默沒有在下棋了，兩個人正看電視上的音樂節目，然後討論起哪個女星身材好，誰的臉蛋佳，跟在我後面的弟弟也馬上坐到沙發上加入話題。

男人眞的都一個樣。

我就這樣被他們三個人無視，也不想想看，他們剛吃下去的，是我花了一個下午時間做好的年夜飯，結果他們半個小時就掃光了。團圓咧！我自己跟剩菜團圓吧！越想越委屈，我拿了外套打算出門去走走，不想看到他們。

父親見我要出門，連忙問：「妳要去哪裡？」

我隨便說：「便利商店。」

「那幫我買個冰淇淋甜筒，還有巧克力捲心酥。」父親不喝酒之後，變得很愛吃甜食，越來越胖了。我努力控制他的體重，結果他在枕頭下面藏食物，又是一個無解。

我沒有回答走了出去，他還在我身後喊，「記得買兩瓶純喫茶，偌爲愛喝。」就說過父親還是一樣，只疼偌爲。

走在街上，想到我對他們三個人而言像女傭一樣，越想心情就越不好。踢著路上的小石子，決定三天不做飯來懲罰他們。

正得意自己做出這麼睿智的復仇時，突然有條圍巾繞在我的脖子上。我轉過頭去，是姚子默。他笑笑地看著我，「那麼冷，只穿外套怎麼夠！」

想到那個年輕護士，想到他在那裡稱讚哪個女星，我就只想呼他一巴掌而已。

我沒有理他，繼續往前走。

他伸手搭著我的肩，「怎麼啦？心情爲什麼不好？剛剛不是還好好的？」

我撥掉他的手繼續往前走。

他愣了一下又跟了上來，「妳生理期要來了嗎？不對啊，我是上個星期買紅豆湯給妳喝的，不可能那麼快。」

我還是沒有理他。

「還是剛剛伯父叫妳買偌爲的飲料，妳覺得很委屈？」他繼續猜。

那種程度我就覺得委屈的話，我是要怎麼過日子？早就無所謂了，我一點都不在意。

他突然拉住我的手，「妳弟有妳爸疼，妳有我疼啊。」

我停下腳步，轉過頭看著他，「你要疼我嗎？你用什麼身分疼我？」

他對我笑了笑，「看妳想要我用什麼身分啊！」

我突然覺得他這笑容有點詭異，兩年的時間，我算是完全摸透姚子默，他平常根本不會露出這樣的笑容。太奇怪了。

我看著他，一句話都沒有說，他等著我的回應，慢慢地，表情越來越僵，本來就很僵的臉，現在簡直是薑餅人的程度。

他的手機突然傳來訊息鈴聲，看到他的表情有點慌張，我二話不說，馬上從他外套口袋裡拿出手機。他想伸手搶，我狠狠地看了他一眼，他立正站好。

我按下我的生日日期，那是他手機的密碼鎖，我從來沒有想去看他的手機，是因爲有時候他在下棋，手機如果收到 email 還是其他通知，他會叫我先幫他看一下。

然後訊息文字跳了出來。

是那個吃裡扒外的弟弟，「子默哥，情況如何？我剛跟我姊講完之後，她臉色超不好的，你再逼逼她，一定ＯＫ的。」

我用他的手機回了弟弟，「我是你姊。」

不到三秒，姚子默的手機響了，是弟弟打來的。姚子默看著我，不知道該不該接。

被設計的感覺很差，我轉身離開。

姚子默急忙拉住我，走到我面前嘆了口氣，然後對我說：「偌慈，妳不要生氣，是我叫偌爲幫我的。」

我沒好氣地看著他，「你不覺得這很瞎嗎？爲什麼不直接跟我說你想要跟我在一起，幹麼拐彎抹角想要我吃醋？」眞的快被他打敗。

「那妳想要跟我在一起嗎？」他突然笑得眼睛都瞇快不見了。

當然想，但我不會這樣跟他說。

「考慮中。」我說，然後他一臉挫敗，好像被倒了幾千萬的會一樣。

我轉過身，繼續往前走，對著空氣說：「我是說，我在考慮要不要讓你從今天晚上開始不用睡客廳。」

他從後頭跟了上來，疑惑地問：「那我要睡哪裡？」

我看他呆呆的表情實在是太可愛了，忍不住親了他的臉頰一下，然後對他說：「我房間。」接著，我也有點不好意思地加快腳步往前走，畢竟，這還眞的是熱騰騰的第一次，我第一次對他這麼主動。

走了幾步，發現他沒跟上來，我忍不住停下來轉過頭去，卻看到他整個人愣在原地。我開始大笑，結果他好像想通了什麼一樣，拔腿朝我跑過來，然後緊緊抱住我，抱著我的手都在顫抖。我感受到他的激動，這讓我幸福得好想哭。

「其實我準備好兩年了。」我在他耳邊說。

他把我抱得更緊，「爲什麼妳不早說？」

「我說過啦！我不覺得有壓力，也不覺得有負擔，是你自己一直說要給我空間和時間，都不知道你在想什麼。」我笑著說。

我聽見他在我耳邊一直說自己蠢，我就笑得越開心。

旁邊突然出現一道稚嫩的聲音，「媽媽，妳看那個阿姨跟叔叔抱在一起，羞羞臉。」

我們放開彼此，同時轉過頭去看著那個小孩。我們還來不及笑，那小孩居然就哭了，他的媽媽只好趕緊抱起他快步離開。

「一定是你的臉臭。」我說。

「妳的臉也很臭好不好。」他說。

「是你！」我再說。

他笑著說：「好吧！是我，都是我，只要妳開心就好。」

我開心地牽著他的手，他的手厚厚暖暖的，把我的手握得更緊。我們一起走進便利商店，他對我說：「伯父要買兩瓶純喫茶給偌爲，那我要買三個統一布丁給妳，不管伯父有多寵偌爲，我都會更寵妳。」

我面向他，微笑著點了點頭。

兩年也許會改變很多事，我長大了，也更成熟了。環境給我們種種難題，卻從來沒改變我們對彼此的珍惜。我不知道以後和姚子默會走到哪裡，我只知道，他現在給我的，是我最需要的。

剛好的那一個人，給剛好的對待，才會是剛好的愛。

【全文完】

〈後記〉

傷心了就大哭一場

當我準備要寫這個故事時，其實我是有一點心痛的。想到幾段被現實狠狠摧毀的愛情，這才明白，關於愛，不只是你和我兩個人，而是你的所有和我的所有。

原本以為愛就是我喜歡你，你也喜歡我，然後我們兩個人在一起，今後過著幸福美滿的日子。但現實是我喜歡你，你也喜歡我，今後要開始經過很多磨練和挫折，才會靠幸福美滿近一點點。

但也有可能不會幸福美滿。

現實是愛情最大的考驗，所謂的「現實」有可能是工作、是生活環境、是兩個人不同的價值觀，也是兩個人互相看不慣的地方。不是不想溝通，而是無法溝通；不是不想克服，是再怎麼努力也克服不了。

於是，最後只能捨棄兩個人一起努力的幸福美滿。

沒有辦法，我們都無能為力改變現實。我們憤怒、我們傷心、我們埋怨、我們痛哭，但即使再用力發洩，現實依然直挺挺地擋在那裡，對我們如此不離不棄。

我們總有放不下或是必須跟著自己一輩子的現實問題，血淋淋地硬逼著我們承擔。我們只能接受，並等待一個能和我們一起度過的另一半。除此之外，我們別無選擇。面對這樣的現實，我們需要的不只是勇氣，還需要那麼一點點好運。

就像偌慈遇見子默那樣的好運。

而我始終相信，我們都會有好運的。

雪倫

國家圖書館出版品預行編目資料

只是……需要愛 / 雪倫著. -- 初版. -- 臺北市；商周，城邦文化出版；家庭傳媒城邦分公司發行, 民102.01
面 ； 公分. --（網路小說；214）

ISBN 978-986-272-367-8（平裝）

857.7 102007135

只是……需要愛

作　　者／雪倫
企畫選書人／楊如玉、陳思帆
責任編輯／陳思帆

版　　權／翁靜如
行銷業務／李衍逸、蘇魯屏
總 編 輯／楊如玉
總 經 理／彭之琬
發 行 人／何飛鵬
法律顧問／台英國際商務法律事務所　羅明通律師
出　　版／商周出版
台北市中山區民生東路二段 141 號 9 樓
電話：(02) 2500-7008　傳眞：(02) 2500-7759
blog：http://bwp25007008.pixnet.net/blog
email：bwp.service@cite.com.tw
發　　行／英屬蓋曼群島商家庭傳媒股份有限公司城邦分公司
聯絡地址：台北市中山區民生東路二段 141 號 11 樓
書虫客服服務專線：(02) 25007718・(02) 25007719
24小時傳眞服務：(02) 25001990・(02) 25001991
服務時間：週一至週五09:30-12:00・13:30-17:00
郵撥帳號：19863813　戶名：書虫股份有限公司
讀者服務信箱 email：service@readingclub.com.tw
城邦讀書花園網址：www.cite.com.tw
香港發行所／城邦（香港）出版集團有限公司
地址：香港灣仔駱克道 193 號東超商業中心 1 樓
email：hkcite@biznetvigator.com
電話：(852)25086231　傳眞：(852) 25789337
馬新發行所／城邦（馬新）出版集團 Cité(M)Sdn. Bhd.
41, Jalan Radin Anum, Bandar Baru Sri Petaling,
57000 Kuala Lumpur, Malaysia.
電話：(603) 90578822　傳眞：(603) 90576622
email:cite@cite.com.my

版型設計／小題大作
封面設計／Chen Jhen
電腦排版／浩瀚電腦排版股份有限公司
印　　刷／高典印刷有限公司
總 經 銷／高見文化行銷股份有限公司
電話：(02)2668-9005　傳眞：(02)2668-9790
客服專線：0800-055-365

■ 2013 年（民 102）5月7日初版
■ 2017 年（民 106）1月3日初版4.5刷
Printed in Taiwan

定價 / 200元

ISBN　978-986-272-367-8

廣	告	回	函
北區郵政管理登記證			
台北廣字第000791號			
郵資已付，免貼郵票			

104台北市民生東路二段 141 號 2 樓

英屬蓋曼群島商家庭傳媒股份有限公司　城邦分公司

請沿虛線對摺，謝謝！

書號：BX4214	**書名**：只是……需要愛	**編碼**：

請於此處用膠水黏貼

商周出版

讀者回函卡

謝謝您購買我們出版的書籍！請費心填寫此回函卡，我們將不定期寄上城邦集團最新的出版訊息。

姓名：＿＿＿＿＿＿＿＿＿＿ 性別：□男 □女

生日：西元＿＿＿＿年＿＿＿＿月＿＿＿＿日

地址：＿＿＿＿＿＿＿＿＿＿

聯絡電話：＿＿＿＿＿＿＿＿ 傳真：＿＿＿＿＿＿＿＿

E-mail：＿＿＿＿＿＿＿＿＿＿

學歷：□1.小學 □2.國中 □3.高中 □4.大專 □5.研究所以上

職業：□1.學生 □2.軍公教 □3.服務 □4.金融 □5.製造 □6.資訊
□7.傳播 □8.自由業 □9.農漁牧 □10.家管 □11.退休
□12.其他＿＿＿＿＿＿＿＿

您從何種方式得知本書消息？

□1.書店 □2.網路 □3.報紙 □4.雜誌 □5.廣播 □6.電視
□7.親友推薦 □8.其他＿＿＿＿＿＿＿＿

您通常以何種方式購書？

□1.書店 □2.網路 □3.傳真訂購 □4.郵局劃撥 □5.其他＿＿＿＿

您喜歡閱讀哪些類別的書籍？

□1.財經商業 □2.自然科學 □3.歷史 □4.法律 □5.文學
□6.休閒旅遊 □7.小說 □8.人物傳記 □9.生活、勵志 □10.其他

對我們的建議：＿＿＿＿＿＿＿＿＿＿

【為提供訂購、行銷、客戶管理或其他合於營業登記項目或章程所定業務之目的，城邦出版人集團（即英屬蓋曼群島商家庭傳媒（股）公司城邦分公司、城邦文化事業（股）公司），於本集團之營運期間及地區內，將以電郵、傳真、電話、簡訊、郵寄或其他公告方式利用您提供之資料（資料類別：C001、C002、C003、C011等）。利用對象除本集團外，亦可能包括相關服務的協力機構。如您有依個資法第三條或其他需服務之處，得致電本公司客服中心電話(02)25007718請求協助。相關資料如為非必要項目，不提供亦不影響您的權益。

1. C001辨識個人者：如消費者之姓名、地址、電話、電子郵件等資訊。
2. C002辨識財務者：如信用卡或轉帳帳戶資訊。
3. C003政府資料中之辨識者：如身分證字號或護照號碼（外國人）。
4. C011個人描述：如性別、國籍、出生年月日。

請於此處用膠水黏貼